書下ろし

殺《さつ》鬼《き》に候《そうろう》

首斬り雲十郎②

鳥羽 亮

祥伝社文庫

目次

第一章　軒《のき》の蜘蛛《くも》　7
第二章　鬼《おに》猿《ざる》　57
第三章　囮《おとり》　107
第四章　一寸の間　155
第五章　鬼たち　207
第六章　斬首　251

不忍池
下谷
阿部川町
東本願寺
浅草御門
柳橋
両国橋
本所
両国広小路
竪川
日本橋小網町
大川
日本橋
江戸橋
高砂町
大松屋（行徳河岸）
荒布橋
小名木川
楓川
京橋
深川
永代橋
油堀
八丁堀
新シ橋
本湊町
熊井町
中島町
西本願寺
南飯田町
富ヶ岡八幡宮
木挽橋

『殺鬼に候　首斬り雲十郎』の舞台

第一章　軒《のき》の蜘蛛《くも》

1

楓川《もみじがわ》の川面《かわも》が夕陽に映《は》え、淡い茜《あかね》色に染まりながら揺れていた。すこし風があり、汀《みぎわ》に寄せるさざ波が、足元から絶え間なく聞こえている。

楓川は日本橋川《にほんばしがわ》と八丁堀《はっちょうぼり》川の間を南北にむすんでいる。川の西側には日本橋の家並がつづき、東側には町奉行所の与力や同心の住む八丁堀の地がひろがっていた。

雀色時《すずめいろどき》で、楓川沿いの道の人影が妙にすくない。

宇津重五郎《うづじゅうごろう》と江島佐助《えじまさすけ》は、川沿いの道を京橋《きょうばし》方面にむかって歩いていた。

「大松屋《だいまつや》からは、何も出てきませんね」

歩きながら、江島が言った。

「そうだな」

宇津は渋《しぶ》い顔をして、つぶやくように応えた。

ふたりは、陸奥国畠沢藩《むつのくにはたざわはん》七万五千石の藩士だった。江戸勤番の目付である。ふたりは、行徳河岸《ぎょうとくがし》にある廻船問屋の大店、大松屋の帳簿類や証文などを調べにいった帰りだった。

大松屋は畠沢藩の蔵元で、藩の専売である米をはじめ、特産物の材木、木炭、漆《うるし》などを江戸に持ち船で廻漕《かいそう》し、それぞれの品を扱う問屋に売りさばいていた。ところが、畠沢藩との取引きに不正があるとの噂《うわさ》があったため、宇津と江島が大松屋まで出向いて調べたのである。

前方に、京橋川にかかる白魚橋《しらうおばし》が見えてきたとき、石町《こくちょう》の暮れ六ツ（午後六時）の鐘の音が聞こえた。

「だいぶ、遅くなったな」

宇津が言った。

「急ぎますか」

ふたりは、すこし足を速めた。

暮れ六ツの鐘が鳴り終わると、通りのあちこちから表戸をしめる音が聞こえてきた。表店《おもてだな》が店仕舞《みせじま》いを始めたのだ。さらに人通りがすくなくなり、仕事を終えた職人や大工などが足早に通り過ぎていくだけである。

白魚橋のたもとまで来たとき、宇津が何気なく背後に目をやり、

「後ろからくるふたりの武士だが、江戸《えど》橋を渡ったときも見たぞ」

と、不審そうな顔をして言った。

「旅装束《たびしようぞく》のようにも見えますが……」

江島も背後に目をやった。

ふたりの武士は網代笠《あじろがさ》をかぶり、小袖に裁着袴《たつつけばかま》だった。二刀を帯《お》び、腰に打飼《うちがい》を巻いている。

「ふたりではないぞ。三人だ」

宇津は、ふたりの武士の背後に、もうひとり同じような恰好《かつこう》をした武士が歩いているのを目にとめた。

「われらには、かかわりがないと思いますが」

江島が言った。

「そうだな」

ふたりは、そんなやり取りをしながら、白魚橋のたもとを右手に折れ、京橋川沿いの道に入った。京橋を渡って東海道《とうかいどう》を南にむかい、愛宕下《あたご》にある畠沢藩の上屋敷に帰るつもりだった。

京橋川沿いのその辺りは竹河岸《たけ》と呼ばれる地で、道沿いに竹を扱う店が並んでいた。川沿いに組んだ丸太に立て掛けた竹がびっしりと並び、長く高い塀《へい》のようにつづいていた。日中は通行人にくわえ竹を扱う商人や船頭などが多く見られ、賑《にぎ》わっているのだが、いまは人影もまばらでひっそりしていた。京橋川の岸辺に打ち寄せる川波の音が、物寂《ものさび》しく聞こえてくる。

「宇津どの！　後ろ」

ふいに、江島が叫《さけ》んだ。

宇津が振り返ると、背後にいたふたりの武士が、すぐ近くに迫っていた。小走りに近付いてくる。ふたりだけではなかった。もうひとり、ふたりの後ろにいた武士も走りだしていた。

「おれたちを襲う気だ！」

宇津が、ひき攣《つ》ったような声を上げた。

宇津は逃げようとして周囲に目をやったが、すでにふたりは七、八間《けん》に迫っていた。しかも、足が速い。

「に、逃げられない！」

江島が、悲鳴のように叫んだ。

宇津も恐怖に顔をゆがめたが、刀の柄《つか》をつかんで、路傍《ろぼう》に立て掛けてある竹を背後にして立った。

三人は走り寄ると、宇津と江島を取り囲むように三方に立った。いずれも、網代笠をかぶっているので顔は見えない。

「な、何者だ！」

宇津が、声をつまらせて誰何《すいか》した。

「鬼だよ」

宇津の前に立った武士が、低い声で言った。

小柄で、猪首《いくび》だった。ずんぐりした体軀《たいく》で異様に胸が厚く、どっしりとした腰をしていた。手だけが妙に長いように見える。

「お、鬼だと……」

宇津の声が震えた。

「地獄へ送ってやる」

言いざま、小柄な武士は両手で大小の柄を握って抜きはなった。

「こ、これは！」

宇津は、武士の手にした刀を見て驚いた。

異様な大小だった。右手の大刀が、二尺ほどしかない。左手の小刀は、一尺五、六寸である。両刀の長さがあまり変わらない。しかも、身幅がひろく厚い、屶《なた》を長くしたような剛刀である。

「うぬの頭、ぶち割ってくれる！」

小柄な武士が、二刀を前に突き出すように構えた。

「お、おのれ」

宇津も抜いた。

一方、江島の前には、痩身《そうしん》の武士が立った。下段に構え、切っ先を足元に垂《た》らしていた。身構えに覇気《はき》がなかった。前足をわずかに前にして、飄然《ひょうぜん》と立っている。それでいて、身辺から異様な殺気をはなっていた。

もうひとり、中背の武士は江島の左手にまわり込んできたが、大きく間合をとっていた。この場は小柄な武士と痩身の武士に、まかせるつもりらしい。

江島は抜刀し、青眼《せいがん》に構えていた。切っ先を対峙《たいじ》した武士にむけているが、小刻《こきざ》みに震えていた。真剣勝負の恐怖で、体が硬《かた》くなっているのだ。

「いくぞ！」

宇津と対峙した小柄な武士が、間合をつめてきた。

武士の両手の大小の切っ先が、宇津の喉元《のどもと》にむけられていた。両刀の剣尖《けんせん》の間が、一寸ほどあいている。

ズズズッ、と音をさせ、武士は摺《す》り足で迫ってきた。宇津は下から突き上げてくるような威圧を感じた。

一足一刀の間境《まざかい》に迫るや否や、武士の寄り身がとまった。次の瞬間、武士の全身に斬撃の気がはしり、体が膨《ふく》れ上がったように見えた。

キエッ！

猿声のような甲高《かんだか》い気合がひびいた瞬間、武士が宇津の前に跳《と》んだ。

その武士の体が眼前に迫って見え、宇津は咄嗟《とっさ》に刀を振りかぶりざま真っ向へ斬り込んだ。

すかさず、武士が左手の小刀を横に払った。

甲高い金属音がひびき、宇津の刀身が横にはじかれた刹那《せつな》、武士の大刀が真っ向へ振り下ろされた。

一瞬裡《いっしゅんり》に、武士の両手の大小が、横と縦にはしった。

左手の小刀で敵の刀をはじき、間髪《かんはつ》を入れずに右の大刀を振り下ろす。一瞬の連続技である。

岩のような剛刀が、宇津の頭をとらえた。

にぶい骨音がして宇津の頭が割れ、血と脳漿《のうしょう》が飛び散った。

宇津は、腰から沈むように転倒し、地面に横たわった。悲鳴も呻《うめ》き声も聞こえなかった。四肢《しし》が痙攣《けいれん》しているだけで、体は動かない。即死である。榴柘《ざくろ》のように割れた頭から血が噴き、顔を真っ赤に染めている。悪鬼のような凄まじい形相《ぎょうそう》である。

小柄な武士が血濡れた両刀を引《ひ》っ提《さ》げたまま、江島の方に目をやったとき、絶叫《ぜっきょう》がひびいた。

江島が首筋から血を撒《ま》き散らしながら、たたらを踏《ふ》むようによろめき、立て掛けてあった竹のなかに肩から突っ込んだ。

ガラガラと大きな音を立てて竹がくずれたが、地面に倒れるようなことはなかった。組んだ丸太に縄がかけてあったのだ。江島は竹のなかに、上半身をつっ込んだまま動かなくなった。

「始末が、ついたな」

小柄な武士が言った。

「長居は無用、いくぞ」

中背の武士が言った。武士の物言いからみて、この男が三人のまとめ役かもしれない。

三人の武士は、小走りに来た道を引き返していった。

血塗《ちまみ》れになったふたりの死体は夕闇につつまれ、通りがかった者が目をむけても何があるか分からなかっただろう。そこで惨劇があったのを物語っているのは、京橋川の川面を渡ってきた風にただよっている血の濃臭だけである。

2

鬼塚雲十郎《おにづかうんじゅうろう》は、手にした刀を上段にふりかぶった。

雲十郎の目の前に、二枚の畳が立ててあった。二枚の畳の縁《へり》の間が、わずかにあいている。雲十郎は、その隙間《すきま》に斬り込もうとしていた。

雲十郎は気を静め、軒先から細い一本の糸で垂れ下がっている蜘蛛を脳裏《のうり》に思い描いた。スー、と蜘蛛は下がっていく。

蜘蛛が二枚の畳の間に下がっていくのを脳裏に描いた次の瞬間——。

タアッ！

と、鋭い気合を発し、雲十郎は刀を斬り下ろした。

刀身は、スッと二枚の畳の間に消え、膝先《ひざさき》ほどの高さでとまった。藁屑《わらくず》ひとつ落ちていない。

「軒の蜘蛛か」

山田浅右衛門《やまだあさえもん》（朝右衛門とも）吉昌《よしまさ》が訊《き》いた。浅右衛門は、雲十郎の脇で稽古《けいこ》の様子を見ていたのである。

「はい」

「見事だ」

「まだ、未熟でございます」

雲十郎は、刀身を鞘《さや》に納めた。

山田道場の稽古場だった。雲十郎は山田道場の門弟《もんてい》で、山田流試刀術の稽古をしていたのである。

「軒の蜘蛛」は「軒蜘蛛」とも呼ばれているが、山田流試刀術の教えである。軒先からスーと下がる蜘蛛の糸のごとく、刃筋をたてて真《ま》っ直《す》ぐ斬り下ろせということである。また、刀を振り下ろすとき、軒から下がる蜘蛛を脳裏に描くことで、心の雑念を捨て去ることもできる。

試刀とは、何かを斬って刀の切れ味を試すことだが、多くの場合、実際に人体を斬っていた。むろん、死体である。

山田家は代々『徳川家御佩刀御試御用役《とくせんけごはいとうおためしごようやく》』をつとめてきた。徳川家の所持する刀、槍、薙刀《なぎなた》などの斬れ味を試す役柄である。そのため、山田家では代々試刀の稽古をし、刀法だけでなく心を練《ね》る工夫《くふう》も重ねてきた。そこから編《あ》み出された刀法、心法などが山田流試刀術である。

山田浅右衛門は世の人々に「首斬り浅右衛門」と呼ばれて恐れられていた。山田家では代々当主は浅右衛門の名を継《つ》ぎ、吉昌は六代目である。

浅右衛門に首斬りの異名があり、世人に恐れられたのは、御試御用役の他に幕府によって死罪に処せられる者の首斬り役を山田家の当主である浅右衛門が、代々受け継いできたからだ。

浅右衛門は死体を斬って刀の切れ味を試すだけでなく、生きている罪人の首も斬っていたのである。

「太刀筋《たちすじ》は見事だが、息の乱れがあったな」

浅右衛門がおだやかな声で言った。

浅右衛門は還暦《かんれき》にちかい老齢だが、試刀術の達人だった。鬢《びん》や髷《まげ》には白髪《しらが》が目立ったが、どっしりと腰が据わり、胸や腕は厚い筋肉でおおわれていた。試刀の稽古で鍛《きた》え上げた体である。

「はい」

さすがだ、と雲十郎は思った。

雲十郎は刀を振り下ろす寸前、気の昂《たかぶ》りで呼吸がわずかに乱れた。それを、浅右衛門は見てとったのである。

「わしが、やってみようか」

浅右衛門が、立ててある畳の縁を前にして立った。

すると、近くにいた門弟たちが、畳のまわりに集まってきた。見取り稽古である。浅右衛門の試刀を見ることが、己の稽古になるのだ。

雲十郎は、門弟たちとともに息をつめて浅右衛門の動きを見つめていた。

浅右衛門は刀の柄を握って抜刀すると、大きく振りかぶった。能役者を思わせるようなゆっくりとした動きである。

表情はおだやかだった。息の音も聞こえなかった。まるで、死人のように静かである。

ヤアッ！

突如《とつじょ》、浅右衛門が鋭い気合を発し、刀を振り下ろした。

刃光がはしった瞬間、刀身は畳の隙間に入り、浅右衛門の膝の高さでピタリととまっていた。雲十郎には、刀身が畳と擦《す》れた音も聞こえなかった。

雲十郎や門弟たちは息を呑《の》み、浅右衛門を見つめている。道場内は、水を打ったように静まりかえっていた。

浅右衛門は畳の間から刀身を引き抜くと、

「みなも、やってみるがよい」

と静かな声で言い、刀を鞘に納めた。

すぐに、門弟たちはその場から離れて道場内に散った。

「鬼塚も、つづけるといい」

浅右衛門が雲十郎に言った。

「はい」

雲十郎はふたたび畳の前に立ち、息を静めて刀を振りかぶった。

脳裏に軒から下がっている蜘蛛を思い浮かべ、気が静まった瞬間、気合を発して刀を振り下ろした。

刀身は畳の間に入ってとまったが、斬り下ろす寸前、まだわずかに気の乱れがあった。

……いま、一手。

雲十郎は上段に振りかぶった。

それから、小半刻（三十分）ほど稽古をつづけたとき、長谷川新助《はせがわしんすけ》という若い門弟

が近付いてきて、

「鬼塚どの、馬場《ばば》どのがみえてます」

と、小声で言った。

馬場新三郎《しんざぶろう》は、江戸勤番の畠沢藩士だった。役柄は徒士《かち》である。

長谷川は、山田道場にときどき姿を見せる馬場を知っていたのだ。

雲十郎も、馬場と同じ畠沢藩士で徒士だった。ふたりは、外桜田山元町《そとさくらだやまもと》の町宿《ちょうじゅく》でいっしょに暮らしていたのだ。

町宿とは、江戸の藩邸に入れなくなった藩士が住む、市井《しせい》の借家などのことである。

雲十郎と馬場は同じ徒士であったが、ふだんの任務はまったくちがっていた。雲十郎は、藩の切腹の介錯人《かいしやくにん》をまかされていたのだ。そのため、雲十郎は徒士の仕事はせず、山田道場に通うことを藩に許されていた。

雲十郎が畠沢藩の介錯人になるには、それなりの理由があった。

五年ほど前、畠沢藩の国許《くにもと》で家臣のひとりが罪を犯し、切腹を命ぜられたことがあった。ところが、藩士のなかに介錯人を引き受ける者がいない。やむなく、剣の達者《たっしゃ》と目されていた富沢弥之助《とみざわやのすけ》なる者に介錯を命じた。

富沢は、大変な失態を演じた。介錯の経験のなかった富沢は緊張して体が硬くなっていたため、切腹者の首ではなく後頭部に斬りつけてしまった。焦った富沢は度を失い、何度も刀をふるったが首が落とせず、介添《かいぞ》え役の者たちが暴れる切腹者を押さえつけて、首を押し斬りにしたのだ。

この醜態《しゅうたい》を耳にした藩主の倉林《くらばやし》阿《あ》波守《わのかみ》忠盛《ただもり》は激怒し、城代家老、粟島《あわしま》与《よ》左《ざ》衛門《えもん》に、藩士のなかから腕のいい介錯人を養成するよう命じた。

粟島が多くの藩士のなかから選んだのが、雲十郎だった。そのころ、雲十郎は二十二歳と若く、しかも藩内では田宮《たみや》流居合の遣い手として知られていたからである。

こうした経緯があって、雲十郎は出府し、山田道場に入門して試刀術を修行するようになったのである。

山田流試刀術は、死人を斬って刀の利鈍《りどん》を試すだけでなく、罪人の首を落とすことにも通じていた。そのため、山田流試刀術をとおして、切腹の介錯の腕を磨《みが》くこともできたのである。

「馬場はどこにいる」

雲十郎はすぐに納刀し、額の汗を手の甲で拭《ぬぐ》いながら訊いた。

「道場の戸口で、待っています」

長谷川が答えた。

3

雲十郎は稽古着のまま、道場の戸口に出た。

戸口の脇にいた馬場は、雲十郎の姿を見るなり、

「鬼塚、大変だ！」

と、声を上げた。

「どうした」

「宇津どのと江島どのが、斬り殺されたのだ」

馬場が目を剝《む》いて言った。

「だれに、斬られたのだ」

雲十郎は宇津と江島を知っていた。ふたりとも畠沢藩の目付である。

「分からん」

「場所は？」

「京橋近くの竹河岸だ」

「竹河岸だと」

ふたりは、なぜ竹河岸などに行ったのだろう、と雲十郎は思った。藩の上屋敷は愛宕下にあり、竹河岸は遠いし、藩とはかかわりのない場所である。

「先島《さきしま》さまの話では、ふたりとも刃物で斬られたそうだ」

先島松之助《まつのすけ》は、畠沢藩の大目付で江戸勤番の目付筋を束《たば》ねている男である。

「ともかく、行ってみよう」

雲十郎は、着替えてくる、と言い置き、すぐに道場にもどった。稽古着のまま行くわけにはいかなかったのである。

雲十郎は、道場内にいた浅右衛門に、藩の所用のために稽古を切り上げる旨《むね》を伝えてから道場を出た。

山田道場では、門弟たちの稽古時間を決めていなかった。門弟たちの都合《つごう》で、稽古することが許されていた。剣術の稽古とちがって独《ひと》り稽古が多く、雲十郎のように江戸勤番の藩士もいたからである。

山田道場は、外桜田平川《ひらかわ》町にあった。京橋まで行くには、内濠《うちぼり》沿いの道を通って東海道に出、さらに北へ向かわねばならない。

馬場が足早に歩きながら、

「鬼塚、宇津どのは、頭を斬り割られていたそうだぞ」

と、興奮した面持《おもも》ちで言った。

馬場は身の丈《たけ》が六尺ほどもある巨漢だった。赭黒《あかぐろ》い大きな顔をし、眉《まゆ》や髭《ひげ》が濃かった。いかつい顔だが、よく動く丸い目に愛嬌《あいきよう》があった。悪戯《いたずら》小僧を思わせるような憎めない顔である。

馬場は二十八歳で、雲十郎よりひとつ年上だった。それでも、お互いが親しい仲間のように呼び捨てにしていた。同じ徒士で、同居していたせいである。

「斬ったのは、武士のようだな」

雲十郎が言った。

「何人かで襲ったにちがいない」

「そうだな」

宇津と江島のふたりが斬殺されたのであれば、下手人はひとりではないだろう。

ふたりは、そんなやり取りをしながら、内濠沿いの道を通って東海道へ出た。

賑やかな東海道を北にむかうと、前方に京橋が見えてきた。

「京橋を渡った先だ」

馬場が言った。

ふたりは京橋を渡ると、橋のたもとを右手におれ、京橋川沿いの道に出た。川沿いの道が竹河岸である。

「あそこだ」

馬場が前方を指差した。

京橋川沿いに無数の竹が立て掛けられ、高い竹垣のようになっていた。その前に、人垣ができている。通りすがりの町人の姿もあったが、武士が目についた。駆け付けた畠沢藩士たちらしい。それに、八丁堀が近いせいか、町奉行所の同心の姿もあった。町奉行所の同心は、羽織《はおり》の裾《すそ》を帯に挟《はさ》む巻き羽織と呼ばれる独特の恰好をしているので、遠くからでもそれと知れる。

「先島さまや浅野《あさの》どのもいるぞ」

馬場が雲十郎に身を寄せて言った。

浅野房次郎《ふさじろう》は、先島の配下の目付組頭だった。雲十郎と馬場は、藩内で起こった事件に何度か浅野とともにかかわったことがあり、昵懇《じっこん》の間柄《あいだがら》だった。

浅野は悲痛な顔をして足元に目をやっていた。殺された宇津と江島は、浅野の直属の配下である。

雲十郎たちは浅野のそばに近寄ると、

「宇津どのと江島どのが、殺されたそうだな」

と、馬場が声をひそめて訊いた。

「鬼塚と馬場か。……見ろ、宇津だ」

そう言って、浅野が足元を指差した。

路傍に、羽織袴姿の男が仰向《あおむ》けに横たわっていた。何人もの藩士たちが、取りかこんでいる。

……こ、これは！

思わず、雲十郎は息を呑んだ。

凄絶《せいぜつ》な死顔だった。宇津の頭が割られ、榴柘のようにひらいた傷口から白い頭骨が覗《のぞ》いていた。顔は血で赭黒く染《そ》まり、カッと瞠《みひら》いた両眼が血糊《ちのり》のなかに飛び出しているように見えた。

「この傷は、刀で斬られたようには見えないが」

雲十郎は、宇津の頭の傷を見て思った。刀で真っ向から斬りつければ頭蓋《ずがい》も割れるが、榴柘のように傷口がひらくことはあまりない。

雲十郎は据物《すえもの》斬りで、人頭を斬り割るのを見たことがあるが、このような傷はできなかったのである。

「武器《えもの》は何だとみる」

浅野が訊いた。

「分からないが、岁か斧《おの》のような物ではないかな。……刀を遣《つか》ったとすれば、刀身が厚く身幅のある剛刀だろうな」

「すると、武士ではないのか」

浅野が首をひねった。

「この傷だけでは何とも言えんな。……江島どのも殺されたと聞いたが」

雲十郎が訊いた。

「そこだ」

浅野が、十間ほど離れたところの人だかりを指差した。

雲十郎、馬場、浅野の三人は、人だかりの方へ移動した。

江島は路傍の叢《くさむら》の上に仰臥《ぎょうが》していた。立て掛けた竹のくずれたところに、激しく血が飛び散っているので、江島はそこで果てたのかもしれない。江島の脇に立っている三人の目付が、江島の死体をここまで運んだのであろう。

「江島は、刀で斬られたようだ」

雲十郎が江島の首筋を見て言った。

首筋に刀傷があり、首筋や胸がどす黒い血に染まっていた。首の血管《ちくだ》を斬られたため激しく出血したらしい。

「すると、江島と宇津は別人に斬られたのだな」

浅野が念を押すように訊いた。

「何人かは分からないが、宇津どのと江島どのを襲ったのは、ひとりではないということになる」

雲十郎が言った。

「いずれにしろ、畠沢藩の者とは思えん。とすると、追剝《おいは》ぎか辻斬りか……」

馬場が、大きな目をひからせて言った。

「ちがうな。……宇津の懐には財布が残っていた。奪われた物もないようだ。追剝ぎか辻斬りなら、金目の物を奪うはずだ」

浅野が言った。

「近くで訊いてみたらどうかな」

雲十郎は、宇津たちが殺されたときの様子を見た者がいるかもしれないと思った。

「そのつもりだが……。その前に、ふたりの遺体を片付けねばならんな」

そう言い残し、浅野はその場を離れた。そして、先島のそばに行き、ふたりで何やら話していた。

つづいて、浅野は目付たちを呼び集めると、矢継《やつ》ぎ早《ばや》に指示した。すぐに、目付はその場を離れ、ふたり三人と散らばって京橋の方へむかったり、集まっている野次馬たちのなかに入って話しかけたりし始めた。

それから、浅野は八丁堀同心のそばに行き、いっとき話していたが、折り合いがついたらしく雲十郎たちのそばにもどってきた。

「町方同心に、ふたりの遺体を引き取ることを話してきたのだ」

浅野が、雲十郎たちに言った。

同心は当初渋っていたが、浅野が殺されたふたりは畠沢藩士なので、引き取らせてもらうと強く言うと、同心も承諾《しょうだく》したという。

「町方も、強く言えないのさ。支配外だからな」

浅野の言うとおり、町奉行《まちぶぎょう》が支配するのは江戸の町人で、武士や僧侶《そうりょ》、神官などは支配外だった。

ちなみに、幕臣は役職の頭で、大名の家臣は藩主ということになる。また、僧侶、神官などは寺社奉行の支配下である。

「他の目付は聞き込みか?」

馬場が、集まっている野次馬に話を聞いている目付たちに目をやりながら訊いた。

「そうだ。……岡っ引きのようにはいかないが、何か分かるだろう」

浅野によると、京橋方面にむかった者たちには、陸尺《ろくしゃく》や小者《こもの》を連れてきてふたりの遺体を駕籠《かご》で運ぶよう指示したという。

「ところで、宇津どのと江島どのは、どこかへ出かけた帰りか」

雲十郎が訊いた。

「行徳河岸の大松屋に行った帰りだ」

「大松屋に……」

雲十郎は大松屋を知っていた。畠沢藩の蔵元で、これまで藩の専売の米や特産物などの取引きをめぐって不正があると噂され、雲十郎も浅野に頼まれて大松屋に出かけ、あるじの繁《しげ》右衛門《えもん》から話を聞いたことがあったのだ。

「また、何かあったのか」

宇津と江島は、大松屋の不正を調べにいったのではないか、と雲十郎は思った。

「いや、また、国許から大松屋に不正があるとの噂があるので、念のため帳簿類を調べてみてくれとの要請《ようせい》があってな。宇津と江島が出かけたのだ。おそらく、その帰りに何者かに襲われたのだろう」

浅野が顔に憂慮《ゆうりよ》の翳《かげ》を浮かべて言った。

4

その日、雲十郎と馬場は、浅野とともに竹河岸から愛宕下にある畠沢藩の上屋敷にむかった。先島から雲十郎たちに話があるので、藩邸まで来るようにとの指示があったからである。

雲十郎たちは藩邸に着くと、浅野の小屋の座敷に集まった。小屋は、藩邸内にある重臣のための独立した住居である。

座敷に顔をそろえたのは、先島、雲十郎、馬場、浅野、それに、徒士頭の大杉重兵衛《おおすぎじゅうべえ》だった。大杉は、徒士である雲十郎や馬場の頭である。

「宇津と江島が、このような目に遭《あ》い、残念でならぬ」

先島が、無念そうに言った。先島は四十代半《なか》ば、大柄で眉や髭が濃い。いまも、髭の剃《そ》った後が黒ずんでいる。

その場に集まった雲十郎たちも同じ思いだった。いっとき、雲十郎たち五人はふたりの冥福を祈るように虚空《こくう》に視線をとめていたが、

「ふたりの無念を晴らしてやるためにも、下手人《げしゅにん》をつきとめたい」

先島が静かだが、強いひびきのある声で言った。

「それで、ふたりを斬り殺した者だが、何か心当たりはあるのか」

大杉が訊いた。

「ありませんが、追剝ぎや辻斬りの類《たぐ》いではないでしょう」

浅野が言った。

「すると、家中の者ということにならんか」

大杉が身を乗り出すようにして訊いた。

「そうかもしれませんが……。鬼塚、おぬしから、宇津の傷口から知れたことを話してくれんか」

浅野が、雲十郎に言った。

「宇津どのの傷は、すこし変わったものです」

雲十郎はそう前置きし、宇津の傷口からみて、武士が通常腰に帯びている大小ではなく、岩や斧にちかい物が遣われたのではないかと話した。

「刀ではないのか」

浅野が念を押すように訊いた。

「刀ならば、刀身が厚く身幅のひろい剛刀でしょう」

雲十郎が言った。

「すると、宇津を殺した者は、武士ではないのか」

大杉が驚いたような顔をした。

大杉は四十がらみだった。面長《おもなが》で目が細く、顎《あご》が張っている。その細い目が、いっぱいに瞠かれている。

「まだ、何とも言えません。武士であっても、変わった武器を遣う者もいますから」

雲十郎がそう言ったとき、

「鬼仙流《きせんりゅう》の者か！」

と、大杉が声を上げた。

その場に集まっていた四人の目が、いっせいに大杉に集まった。

畠沢藩の領内には、鬼仙流と称する剣術を指南する道場があった。鬼仙流の道場をひらいたのは荒山鬼仙斎《あらやまきせんさい》である。

鬼仙斎は修験者《しゅげんじゃ》だったが、どういうわけか武芸好きで、修験道ではなく剣術の修行をしながら諸国をまわっていた。そして、鬼仙斎は畠沢藩の領内の山間《やまあい》の僻村《へきそん》に住み着き、剣術の修行をするかたわら鬼仙流の道場をひらいた。道場といっても、茅屋《ぼうおく》の庭先を使ったり、野原や森林のなかなどを稽古場にしていた。門弟たちは近隣に住む郷士《ごうし》、猟師、筏師《いかだし》などの子弟たちである。

鬼仙流は荒っぽい剣法で、構えや刀法にはあまりこだわらなかった。敵をいかに斬殺するかを目的とした殺人剣である。そのため、武器も刀だけでなく、槍、薙刀、杖、鎌などを遣うこともあった。

「鬼仙流の者であれば、鬼仙斎の門弟ということになりそうです」

雲十郎は、鬼仙斎や鬼仙流のことをよく知っていた。

半年ほど前、藩内で騒動があったとき、鬼仙斎は刺客《しかく》一味のひとりとして出府し、江戸家老の小松東右衛門《こまつとうえもん》や先島など江戸にいる重臣たちの命を狙った。そのとき、雲十郎や馬場たちがその刺客一味と闘い、雲十郎が鬼仙斎を斃《たお》したのである。

「また、ご家老や先島どのの命を狙って、鬼仙流一門の者が出府したのかもしれんぞ」

大杉が、声を大きくして言った。

「……！」

雲十郎は黙っていたが、大杉の言うとおり、宇津を斬殺したのは鬼仙流の者かもしれないと思った。それというのも、江戸勤番の藩士のなかに、刀槍以外の変わった武器を遣う者がいなかったからである。

座はいっとき重苦しい沈黙につつまれていたが、

「実はな、また国許の広瀬《ひろせ》さまが動き出し、手の者が何人かひそかに出府したらしいという知らせが粟島さまからあったのだ」

先島が、一同に視線をやりながら言った。

粟島与左衛門は国許にいる城代家老で、広瀬益左衛門《ますざえもん》は国許の次席家老だった男である。

半年ほど前、広瀬は次席家老だったが、藩内で起こった騒動の責任を取り、自ら隠居を願い出て次席家老の座から身を引いていた。ただ、広瀬は己の責任を追及される前に隠居し、己の身に火の粉が降り懸《か》かるのを避けただけであろう、と雲十郎や浅野たちはみていた。

国許の騒動というのは、藩の財政をめぐって城代家老の粟島と次席家老の広瀬との間に確執《かくしつ》が生じ、何人かの重臣が粟島派と広瀬派に分かれて対立したことだった。その騒動のなかで、国許にいた勘定《かんじょう》奉行の横瀬長左衛門《よこせちょうざえもん》が暗殺された。

横瀬は暗殺される前、広瀬派だった江戸の年寄《としより》の松村喜右衛門《まつむらきえもん》と廻船問屋の大松屋の不正を探っていたのだ。その不正が明らかになるのを恐れた広瀬や松村が、刺客に指示して横瀬を暗殺させたらしい。

それだけでなく、横瀬を暗殺した四人の刺客は出府し、江戸家老の小松や大目付の先島などの命を狙ったのだ。小松や先島が粟島派とみられていたこともあるが、ふたりが中心となって、横瀬の暗殺の原因となった松村と大松屋の不正を明らかにしようとしていたからである。

雲十郎や浅野たちが出府した四人の刺客を斃し、さらに松村が四人の刺客を江戸に呼んで、小松や先島を殺害しようとしたことをあばいた。ただ、国許の広瀬の悪事と大松屋の不正までは明らかにできなかった。

その結果、松村は切腹したが、国許の広瀬と廻船問屋の大松屋を処罰することはできなかった。ただ、累《るい》が己に及ぶのを恐れた広瀬は、事件の結末がはっきりする前に隠居してしまったのだ。

その広瀬がふたたび動き出して、手の者を出府させたらしいという。

「手の者とは？」

雲十郎が訊いた。

「それが、分からんのだ」

先島が言った。

「宇津と江島を斬り殺した者たちではないのか」

大杉が声を大きくして訊いた。

「そうみていいかもしれんが……」

先島はそう言って口をつぐみ、いっとき間を置いてから、

「いずれにしろ、このままでは終わらぬような気がする。さらに、浅野をはじめ目付たちの命を狙ってくるのではあるまいか」

と、懸念《けねん》の色を浮かべて言った。

雲十郎は黙っていたが、広瀬の手の者であれば、浅野たち目付筋の者たちだけでなく、先島や江戸家老の小松の命も狙うはずである。

「それでな」

さらに、先島がつづけた。

「また、大杉どのに手を貸してもらいたいのだ」

「承知した」

すぐに、大杉が応え、

「鬼塚と馬場も、承知だな」

と、念を押すように言った。大杉にしてみれば、馬場は配下なので命ずることがで

きるが、雲十郎は藩から徒士の任務を免除《めんじよ》されていたので、訊いてみたらしい。

先島と大杉には、雲十郎と馬場の力を借りたい理由があったのだ。それは、雲十郎が田宮流居合の達者であり、馬場が鏡新明智流《きようしんめいちりゆう》の遣い手であったからである。

「承知しました」

雲十郎が言った。徒士の任務はともかく、雲十郎にはこれまでの馬場や浅野たちとともに広瀬の手の者と闘ってきた経緯があり、このままにしておくことはできなかったのだ。

5

雲十郎は山田道場での稽古を終えると、ひとり道場を出た。手に剣袋を持っていた。なかに、太くて重い素振り用の木刀が入っている。膂力《りよりよく》をつけるためと、真剣をふるうおりに腰がぐらつかないようにするために振る木刀である、
まだ、七ツ（午後四時）ごろだったが、曇天《どんてん》のせいか、町筋は夕暮れ時のように薄暗かった。
雲十郎は、山元町の借家に帰るつもりだった。山田道場は外桜田の平川町にあっ

た。平川町は山元町の隣町なので、山田道場から借家まではすぐである。

道場を出て間もなく、雲十郎は後ろから歩いてくるふたりの武士を目にとめた。ふたりとも、小袖によれよれの袴で、大刀を一本だけ落とし差しにしていた。一見して牢人《ろうにん》と分かる風体である。

ふたりは、雲十郎から三十間ほど間をとって歩いてくる。

……あのふたり、おれを尾《つ》けてくるのか。

雲十郎は、ふたりがほぼ同じ距離を保って歩いてくるのに気付いた。

雲十郎はふたりに覚えがなかった。かといって、鬼仙流一門の者とも思えない。どう見ても、徒《いたずら》牢人である。

雲十郎はすこし足を速め、半町ほど行ってから振り返って見た。

……やはり、おれを尾けている！

雲十郎とふたりの牢人との距離は変わらなかった。

雲十郎は、何者か確かめてやろうと思い、わざと人通りのない寂しい路地に入って足をとめた。

後ろのふたりも足をとめ、雲十郎に目をやって何やら言葉を交《か》わしたようだが、ニヤニヤしながら近付いてきた。

「おれに何か用か」

雲十郎が訊いた。

「おぬしに、一手指南してやろうと思ってな」

無精髭《ぶしょうひげ》が伸び、赭黒い顔をした男が、雲十郎の手にした剣袋を見ながら言った。

もうひとり、懐手《ふところで》をした瘦《や》せた男は、薄笑いを浮かべて雲十郎を見ている。

「それは有《あ》り難《がた》いが、真剣でやるのか」

雲十郎が訊いた。

「真剣でも木刀でもいいが、指南料がいるぞ」

赭黒い顔の男が言った。

「金を払うつもりはないが」

どうやら、ふたりで脅《おど》して金を巻き上げるつもりらしい。

「ならば、財布を出して置いていくんだな」

赭黒い顔の男が急に声を荒らげ、刀の柄に右手を添えた。

もうひとりの瘦せた男も、薄笑いを消して柄を握りしめた。

「強請《ゆすり》か」

雲十郎は剣袋を足元に置くと、左手で刀の鯉口《こいぐち》を切り、右手を柄に添えて居合腰に沈めた。

「い、居合だぞ」

赭黒い顔をした男が、声をつまらせて言った。

「こっちは、ふたりだ。後ろからやれば何とかなる」

言いざま、痩せた男が抜刀した。

「よ、よし！」

赭黒い顔をした男も、刀を抜いた。

雲十郎の正面に立ったのは、赭黒い顔をした男である。痩せた男は、急いで雲十郎の背後にまわり込もうとしたが、後ろの仕舞屋《しもたや》の板塀との間が狭く、左手後方に立って切っ先を雲十郎にむけた。

雲十郎と相対した赭黒い顔の男は青眼に構え、切っ先を雲十郎にむけたが、その切っ先が小刻みに震えていた。体が顫《ふる》えているのである。腰も引けて、両腕を前に突き出すように構えている。

……これでは、大根も斬れん。

と、雲十郎は思い、左手後方の男にも目をやった。

こちらの男は、もっとひどかった。八相《はっそう》に構えていたが、立てた刀身がワナワナと震えている。腰も浮いて、足が地についていないようだ。

「いくぞ！」

雲十郎は、居合の抜刀体勢をとったまま赭黒い顔の男に迫った。命をとるまでもないが、腕の一本も斬り落としてやろうと思った。

「ぬ、抜いてみろ！」

赭黒い顔の男が、声を震わせて言った。恐怖に顔をしかめ、後じさり始めた。まったく闘う気はないようだ。

雲十郎は、すばやい動きで間合をつめた。

男は慌てて逃げた。

イヤアッ！

雲十郎が裂帛《れっぱく》の気合を発して、抜きつけた。

シャッ、という刀身の鞘走る音がし、閃光《せんこう》がはしった。

次の瞬間、赭黒い顔の男の右袖が裂《さ》け、あらわになった二の腕から血が噴いた。雲十郎の抜きつけの一刀の切っ先が、右腕をとらえたのだ。だが、腕を斬り落とすだけの斬撃にならなかった。男が後ろに逃げたため、わずかに切っ先がとどかなかったのである。

「ぬ、抜いた！」

男は後ろに跳ぶと、刀を捨てて一目散に逃げだした。もうひとりの痩せた男も、悲鳴を上げて駆けだした。

雲十郎は、逃げるふたりの背を見ながら、

……なんだ、こやつらは――。

と、思った。強請や追剝ぎの類にしては、あまりに情けない。

雲十郎は切っ先に残ったわずかな血を懐紙で拭うと、ゆっくりと納刀し、剣袋を拾って歩きだした。


三人の武士が、遠ざかっていく雲十郎の背に目をむけていた。そこは、雲十郎がふたりの徒牢人と闘った場から三十間ほど離れた笹藪《ささやぶ》の陰である。

三人の武士は網代笠をかぶり、裁着袴に草鞋《わらじ》履きだった。

「どうだ、鬼塚の腕のほどが知れたか」

中背の武士が訊いた。

三人の武士は、飲み屋で知り合ったふたりの徒牢人に一両ずつ金を握らせ、雲十郎の剣の腕を見たいので、刀を抜かせてみてくれ、と言って頼んだのだ。

「なかなかの遣い手だな」

小柄でずんぐりした体軀の武士が、低い声で言った。この男が、宇津を斬殺したのである。

「鬼塚は、田宮流居合を遣う」

中背の武士が言った。この男も、宇津と江島の襲撃にくわわったひとりである。

もうひとり、痩身の武士がいた。この男は、黙って雲十郎の背に目をむけているだけで、何も言わなかった。

「師匠は、鬼塚に後《おく》れをとったのだな」

小柄な男が訊いた。

「鬼仙斎どのは、鬼塚の居合に斃されたのだ」

と、中背の武士。

小柄な武士は、鬼仙斎を師匠と呼んだので、鬼仙流一門とみていいだろう。

「鬼塚は、かならずおれが斬る」

小柄な男が、強いひびきのある声で言った。

6

「おい、あの男か」

馬場が声をひそめて訊いた。

「書役の紺野《こんの》です」

若い目付の戸山洋次郎《とやまようじろう》が言った。

ふたりは、旗本屋敷の築地塀《ついじべい》の陰にいた。そこから、畠沢藩の上屋敷の裏門に目をむけていたのだ。

馬場と戸山は、畠沢藩士で書役の紺野昌之助《しようのすけ》が出てくるのを待っていたのだ。

馬場は浅野から、書役の紺野が、大松屋へ行くことがあるらしい、と聞いて不審に思った。御使役ならともかく、書役が仕事のことで大松屋に行くことはないはずである。馬場は、紺野には藩士たちに知られたくない特別な用件があるからだとみて、浅野と相談し、戸山とふたりで尾けてみることにしたのだ。

畠沢藩の場合、書役は祐筆《ゆうひつ》の命で、家老、年寄、留守居《るすい》役などの書類を代筆するのが仕事である。蔵元とはいえ、廻船問屋の大松屋とは何のかかわりもないはずである。

　紺野は羽織袴姿で、二刀を帯びていた。中背で痩せている。紺野は路地を通って、大名小路の方へ足をむけた。

　馬場は、紺野の背が半町ほど遠ざかったところで、

「尾けるぞ」

と言って、築地塀の陰から出た。

　前をいく紺野は、足早に歩いていた。大名小路を北にむかっていく。

　尾行は楽だった。紺野は、尾行されているなどとは思ってもみないらしく、背後を気にする様子はまったくなかった。

「大松屋に行くつもりでしょうか」

　若い戸山が、丁寧《ていねい》な物言いで訊いた。

「どうかな。行徳河岸まで行くには、すこし遅いが……」

　すでに、陽は西の家並のむこうにまわっていた。七ツ半（午後五時）ごろになるのではあるまいか。

　しばらく歩くと、紺野は左手におれた。

「おい、まがったぞ」

ったのだ。

馬場は走りだした。戸山も走った。紺野の姿が、旗本屋敷の陰になって見えなくなったのだ。

まがり角まで来て、左手の通りに目をやると、紺野の後ろ姿が見えた。大名屋敷や大身の旗本屋敷などがつづく通りを西にむかっていく。

「大松屋ではないな」

馬場が言った。方向が逆である。日本橋にある行徳河岸に行くなら、右手におれ、いったん東海道に出てから日本橋方面にむかうはずである。

「どこへ行くつもりかな」

戸山は首をひねった。

「おれにも、分からん」

馬場は、まったく見当がつかなかった。紺野が向かっている先は、溜池辺《ためいけあた》りである。界隈《かいわい》に、藩とかかわりがある者の屋敷はないはずだった。

「ともかく、尾けてみるしかないな」

馬場はそう言って、すこし足を速めた。この辺りは通りが交差していて、紺野がまがると姿を見失う恐れがあったのだ。

紺野は汐見坂《しおみざか》を過ぎ、溜池沿いの道に出た。道沿いの右手に茅《かや》や葦《あし》などの茂《しげ》る地がつづき、その先には溜池の水面がひろがっていた。左手には、雑草の茂る空き地と桐の植えられた地がつづいている。

寂しい通りだが、ぽつぽつと人影があった。仕事帰りの職人や供連れの武士などが通り過ぎていく。

そのとき、紺野が後ろを振り返った。そして、急に小走りになった。

「気付かれたか!」

そう声を上げ、馬場が後を追おうとした。

そのとき突然、左手で、ザザザッと音をたてて茅が揺れ、人影が飛び出してきた。

三人――。馬場と戸山の前にふたり、後ろにひとり。いずれも、網代笠で顔を隠していた。小袖に裁着袴姿で、草鞋履きである。

「な、なにやつ!」

馬場が大声で誰何した。

戸山はこわばった顔で、刀の柄に右手を添えた。

「鬼だよ」

馬場の前に立った小柄で、ずんぐりした体軀の武士が言った。

「なに、鬼だと!」

馬場は左手で刀の鍔元《つばもと》を握り、鯉口を切った。

「おれたちが、地獄に送ってやる」

小柄な武士は、刀に手をかけた。

……こやつ、ただ者ではない！

と、馬場は思った。

対峙した小柄な武士は、異様に胸が厚く、どっしりとした腰をしていた。それに、妙に両手が長い。

戸山の前には、痩身の武士が立った。両腕をだらりと垂らしていた。身構えに覇気がなく、飄然としている。

戸山は刀の柄を握り、抜刀体勢をとっていた。戸山も、そこそこの遣い手だったので、悲鳴を上げて逃げ出すようなことはなかった。

「その頭、ぶち割ってくれる！」

小柄な武士は、両手で大小の刀を握って抜きはなった。

「二刀を遣うのか！」

思わず、馬場は声を上げたが、男の手にした大小を見て目を剝いた。

通常の大小とはちがう。右手の大刀が二尺ほど、左手の小刀が一尺五、六寸。両刀の長さがあまり変わらず、身幅がひろく、㟁を長くしたような剛刀である。

……こやつだ！

馬場は、宇津を斬殺したのはこの男だ、と察知した。宇津の頭を斬り割ったのは、この刀にちがいない。

「うぬらか、宇津どのたちを襲ったのは！」

叫びざま、馬場が抜刀した。

馬場の赭黒い大きな顔が、怒りと興奮とで怒張したようにさらに膨らんで見えた。

馬場は青眼に構え、切っ先を小柄な武士の目線につけた。どっしりと腰の据わった隙《すき》のない構えである。

小柄な武士が、驚いたように目を大きくしたが、すぐに表情を消した。馬場の構えを見て、思っていたより遣い手と分かったからだろう。

馬場と小柄な武士の間合は、およそ四間。まだ、遠間《とおま》である。

「いくぞ！」

小柄な武士が、間合をつめ始めた。

足裏を摺るようにして、ジリジリと間合をせばめてくる。

小柄な武士の手にした両刀の切っ先は、ピタリと馬場の喉元につけられている。両刀の剣尖は一寸ほどの間があった。

間合をつめ始めても、すこしも両刀の切っ先は揺れなかった。下から突き上げてくるような威圧感がある。

もうひとり、中背の武士は馬場の左手にいた。八相に構えていたが、すこし間合が遠かった。すぐに、斬り込んでくる気配はない。おそらく、この場は小柄な武士にまかせるつもりなのだろう。

間合がせばまるにつれ、小柄な武士の全身に気勢が満ち、斬撃の気配が高まってきた。いまにも、斬り込んできそうである。

ふいに、小柄な武士の寄り身がとまった。まだ、一足一刀の斬撃の間境の外である。

……この遠間から仕掛けるのか！

馬場が頭のどこかで、そう思ったときだった。

突如、小柄な武士の全身に斬撃の気がはしり、体が膨れ上がったように見えた。

キエッ！

猿声のような気合がひびき、小柄な武士の体が前に跳んだ。次の瞬間、小柄の武士の体が、馬場の眼前に迫って見えた。

……きた！

咄嗟に、馬場は真っ向へ斬り込んだ。一瞬の反応である。

と、小柄な武士が、左手の小刀を横に払った。

馬場の真っ向と小柄な武士の横への払い——。ふたりの刀身が、青火とともにはじきあった。

馬場の刀身が横に流れた瞬間、小柄な武士の右手の大刀が、真っ向へ振り下ろされた。

小刀を横に払い、大刀を真っ向へ斬り下ろす。両手に持った二刀だからこそできる一瞬の迅技《はやわざ》である。

ただ、小柄な武士の真っ向への斬撃は、わずかに脇に流れた。馬場の真っ向への斬撃が迅かったため、小柄な武士が小刀ではじいたとき、体勢がくずれたのである。

ザクリ、と馬場の左袖が裂け、あらわになった二の腕から血が噴いた。小柄な武士の切っ先が、真っ向ではなく馬場の左腕をとらえたのだ。

次の瞬間、馬場は大きく後ろへ跳んで、間合をとった。

「この太刀か！」

思わず、馬場が声を上げた。

宇津の頭を斬り割ったのは、この武士の二刀の太刀だと察知したのである。

「よく、かわしたな」

小柄な武士が、くぐもった声で言った。

口許にうす笑いが浮いている。笠をかぶっているので顔は見えなかったが、笑ったらしい。

小柄な武士はふたたび大小を構え、切っ先を馬場の喉元にむけた。

馬場は青眼に構え、切っ先を武士の目線につけた。だが、切っ先が小刻みに震えていた。

左腕に傷を負《お》ったために気が昂り、左肩に力が入り過ぎているのだ。それに、切り裂かれた袖が血を吸い、腕に絡まっている。

……後れをとる！

と、馬場が思った。背中に冷たいものがはしり、全身が粟立《あわだ》った。斬られるという恐怖である。

そのとき、グワッ！　という叫び声が聞こえた。戸山である。斬られたらしい。

馬場は戸山に目をやった。戸山は立って刀を構えていたが、肩から胸にかけて血に染まっていた。顔が苦痛にゆがみ、体が大きく揺れている。

馬場は、このままではふたりとも斬られると思った。逃げるしか手はない。

イヤアッ！

突如、馬場は裂帛の気合を発し、戸山と対峙していた痩身の武士にむかって突進した。

痩身の武士は左手から突っ込んできた馬場を見て、慌てて後ろへ跳んだ。逃げたのである。

「戸山、逃げろ！」

叫びざま、馬場は愛宕下の方へ向かって走りだした。巨漢だが、足は迅い。

戸山も逃げた。だが、体がよろめいている。

「逃がすな！」

中背の武士が叫び、後を追って駆けだした。

小柄な武士と痩身の武士も、追ってきた。小柄な武士は遅かった。足が遅いわけではなく、両手で刀を持っているために、走りづらいのだ。

戸山は苦しげな喘《あえ》ぎ声を上げて走ったが、足がもたついている。その戸山の背後に、痩身の武士が迫ってきた。

そのとき、馬場の背後で、ギャッ、という絶叫がひびいた。戸山が痩身の武士に斬られたのだ。

馬場は走りながら振り返った。戸山が倒れるところだった。

馬場は足をとめなかった。足をとめれば、三人を相手にすることになる。勝ち目はなかった。それに、三人と闘っても戸山を助けることはできない。

馬場は懸命に走った。心ノ臓が、早鐘《はやがね》のように鳴り、息するのが苦しかった。足ももつれている。それでも、走るのをやめなかった。

溜池の端を過ぎて汐見坂の前まで来ると、背後の足音は聞こえなくなった。三人の武士は、追うのを諦《あきら》めたようだ。

馬場は足をとめ、ハア、ハア、と荒い息を吐いた。

……助かった！

馬場は胸の内で声を上げたが、気持ちは重かった。他に方法はなかったが、戸山を見捨てて、ひとり逃げたのである。

……おれは、戸山を見殺しにしてしまった。

馬場は顔をしかめ、夕闇につつまれ始めた汐見坂をとぼとぼと歩きだした。

第二章　鬼《おに》猿《ざる》

1

「む、無念だ。おれは戸山を見殺しにしてしまった」

馬場が、悔しそうに顔をしかめて言った。

雲十郎と馬場の住む山元町の借家だった。雲十郎は、斬られた馬場の左腕に晒《さらし》を巻いてやっていた。座敷の隅《すみ》に置いてある行灯《あんどん》の灯に、顎の辺りに返り血をあびた馬場の赭黒い顔が浮かび上がっている。

馬場は三人の武士に襲われた後、いったん愛宕下の藩邸に立ち寄り、浅野たちにこの次第《しだい》を知らせてから山元町に帰ったのだ。

浅野は何人もの配下の目付をつれ、溜池沿いの道にむかったので、戸山の遺体を藩邸に運んだはずである。

「どうだ、腕は動くか」

雲十郎が訊いた。まだ、出血していたが、それほどの深手ではなかった。骨に異常はないようだ。

「動く……」

馬場は、左腕をゆっくりと動かしてみせた。傷口が痛むのか顔をゆがめている。

「分かった。無理して動かすな」

雲十郎は出血さえとまれば、刀も自在に遣えるだろうと思った。

「それで、襲ったのは何者だ」

雲十郎があらためて訊いた。

「名は分からんが、おれたちを襲った三人が、宇津どのたちも襲ったようだ。おれと立ち合った男が、変わった刀を遣った」

馬場が言った。

「どんな刀だ」

「身幅がひろく、峁を長くしたような刀だった。……そやつ、二刀を遣ったぞ」

馬場が、男の遣った二刀の長さや刀身の厚さなどを言い添えた。

「二刀だと……」

雲十郎が聞き返した。

「変わった刀法だ」

男は前に跳びながら、二刀を連続してふるったことを話した。

「よほど腕に力があるのだな」

雲十郎が言った。片手で刋のような剛刀をふりまわすのは、よほど膂力のある者でなければ、むずかしいはずである。

「小柄だが、がっちりした体付きだったな」

馬場が、男の胸が異様に厚く、どっしりと腰が据わっていたことなどを話した。

「二刀を遣うために、鍛《きた》えた体のようだ。……江戸にある剣術道場で身につけた剣ではないな」

雲十郎は、江戸に二刀でしかも刋のような刀を遣う剣術道場があると聞いたことがなかった。

「やはり鬼仙流か！」

馬場が声を上げた。

「そうみていいな」

鬼仙流は、様々な武器を遣うと聞いていた。しかも、道場として、家の庭先や林間なども使い、ひとを斬殺するための剣を身につけるという。その男の遣った二刀の技は、そうした修行のなかで工夫されたものであろう。

「先島さまが話していた国許から出府した者たちだな」

馬場が顔をけわしくして言った。

二日後、畠沢藩士の富川俊之助《とみかわしゅんのすけ》が、山元町の借家に姿を見せた。富川は浅野の配下の若い目付である。

富川は座敷で雲十郎と馬場と顔を合わせると、

「馬場どの、腕の傷はどうですか」

と、すぐに訊いた。富川は馬場が左腕に傷を負ったことを聞いているようだ。

「いや、たいしたことはない」

馬場は、左腕を動かしてみせた後、

「ところで、何かあったのか」

と、訊いた。富川は、馬場の傷の具合を訊きにきたわけではないだろう。

「国許から、小宮山《こみやま》さまと梶井《かじい》どのがみえたのです。それで、おふたりも藩邸に来ていただきたいそうです」

富川はひどく丁寧な物言いをした。

「小宮山どのというと、目付組頭か」

馬場が言った。

雲十郎は知らなかったが、馬場は知っているらしい。

「そうです」

富川によると、小宮山宗助は目付組頭で、梶井憲次郎は小宮山の配下の目付だという。ふたりは国許から急遽《きゅうきょ》出府したそうだ。

「国許で何かあったのか」

馬場が、身を乗り出すようにして訊いた。

「それがしには、分かりません。……ともかく、藩邸に来ていただけませんか」

「すぐ行こう」

雲十郎が言った。

雲十郎たち三人は、借家を出て愛宕下の藩邸にむかった。

藩邸に入ると、浅野が雲十郎たちを江戸家老の小松東右衛門の小屋に案内した。奥の座敷で顔を合わせたのは、雲十郎、馬場、小松、先島、大杉、浅野、それに国許から来た小宮山と梶井だった。

雲十郎と馬場が初見の挨拶をすると、小宮山と梶井も名乗り、

「おふたりのことは、先島さまからうかがっております」

と、小宮山が言い添えた。

小宮山は四十がらみ、痩せていて肉をえぐりとったように頰《ほお》がこけていた。武芸な

どには縁のなさそうな華奢《きやしや》な体をしていたが、細い目には能吏《のうり》を思わせるような鋭いひかりが宿っている。
梶井は二十代半ばと思われた。肩幅がひろく、胸が厚かった。武芸で鍛えたらしいがっちりした体軀をしている。
「小宮山、さっそくだが、そこもとから話してくれ」
小松が切り出した。
「はい、御城代の粟島さまから仰せつかってまいりましたので、まず、国許からひそかに出府した三人のことをお話しします。……三人のことが知れたのは、旅装束の三人を国境の街道筋の茶屋で見た者がいたからです」
そう前置きして、小宮山が三人の名や身分を口にした。
守島英之助《もりしまえいのすけ》、郷士、草薙《くさなぎ》道場の高弟で一刀流の遣い手
関山仲太郎《せきやまなかたろう》、畠沢藩士、先手組
鬼猿《おにざる》、鬼仙流一門
さらに、小宮山は三人の体軀まで言い添えた。それによると、守島は痩身、関山は

中肉中背、鬼猿は小柄でずんぐりした体軀だという。

小宮山の話が終わると、

「おれたちを襲った三人だ!」

と、馬場が声を上げた。

すでに、馬場からの話が小松と先島にも伝わっているらしく、ふたりはうなずいただけだったが、小宮山が、

「馬場どのは、守島たちに襲われたのでござるか」

と、訊いた。脇に座っていた梶井の目も、馬場にむけられている。

「おれたちだけではない、先に襲われ、落命した宇津どのと江島どのも、守島たちに襲われたようだ」

馬場がそう前置きし、戸山とふたりで襲われ、戸山が命を落としたことを無念そうに話した。

「すでに、守島たちは江戸で凶刃《きょうじん》をふるっていたのか」

小宮山が、顔をけわしくして言った。

「鬼猿とは、何者です」

雲十郎が訊いた。本名とは思えなかった。おそらく、異名であろう。

「名は知れません。鬼仙流一門の者で、元郷士か猟師と思われるが、正体は不明です」

小宮山が、その場に集まっている男たちに視線をむけて言った。

「守島は草薙道場の門弟のようだが、腕のほどは」

さらに、雲十郎が訊いた。

一刀流草薙道場は畠沢藩の城下にあり、藩士の子弟の多くが通っていた。

「それがしも、草薙道場に通っていたことがありますが、守島は出色《しゅっしょく》の遣い手です。なかでも、下段から逆袈裟《ぎゃくげさ》に斬り上げる太刀が迅く、真剣ならかわせる者はいないだろうとの評判です」

小宮山にかわって、梶井が言った。どうやら、梶井は一刀流を遣うらしい。

「関山はどうだ」

先島が訊いた。

「剣はそれほどではありません。……ちかごろ、関山は隠居している広瀬さまの屋敷に出入りしていたようですので、関山が広瀬さまの指示で腕のたつ守島と鬼猿を連れて江戸に出たのかもしれません」

小宮山が言った。

「関山が、守島と鬼猿を連れて江戸に出た狙いは、江戸の目付筋が大松屋を探るのを阻止《そし》するためではないかな」

それまで黙って聞いていた小松が、口を挟んだ。

「それがしも、そうみています。大松屋を調べていた宇津と江島を襲ったのもそのためでしょう」

つづいて、先島が言った。

「まだ、はっきりしたことは言えませんが、大松屋と広瀬は陰で結び付いている節があります」

先島が小声で言った。まだ、確証はないのであろう。

「秋山《あきやま》さまは、大松屋から広瀬に金が流れているのではないかとみています。それというのも、広瀬は国許の重臣たちに賄賂《まいない》を贈っているようですし、出府した三人にも相応の金を渡したはずです」

小宮山が言った。

秋山弥七郎《やしちろう》は国許の大目付だった。小宮山は、秋山の配下である。

「たしか、広瀬家は二百石だったな。……広瀬は隠居の身だし、どこからか多額の金が入らねば、何人もの重臣に賄賂を贈るような真似《まね》はできまい」

小松が顔をけわしくして言った。

次に口をひらく者がなく、座敷が重苦しい沈黙につつまれたとき、

「いずれにしろ、われらが大松屋の不正をあきらかにすれば、広瀬の陰謀もはっきりする。……だが、その前に、守島、関山、鬼猿の三人を何とか始末せねばならない。このままでは、さらに犠牲者が出るぞ」

と、先島が言った。

「できるかぎりの手は打ちましょう」

そう言って、大杉が雲十郎と馬場に目をやった。大杉は、雲十郎と馬場に期待しているらしい。

雲十郎と馬場は何も言わず、うなずいただけである。

2

雲十郎と馬場は、日本橋川沿いの道を川下にむかっていた。ふたりのすぐ前を、浅野と小宮山が何か話しながら歩いている。雲十郎たち四人は、行徳河岸にある大松屋へ行くつもりだった。

小宮山と梶井は江戸の藩邸にとどまり、浅野たちの任務にくわわることになった。城代家老の粟島は、初めからそのつもりで小宮山と梶井を出府させたらしい。

小宮山には、国許で殺された勘定奉行の横瀬の件もはっきりさせたい気持ちがあるようだ。小宮山は、目付組頭として横瀬の件を探っていたのである。

大松屋に出向いて、あるじの繁右衛門から話を聞いてみたいと言い出したのは、小宮山だった。小宮山としては、ともかく自分の目で大松屋の店を見た上で、繁右衛門とも会っておきたいと思ったらしい。

それで、浅野と小宮山が大松屋へ出向くことになったのだが、雲十郎と馬場は用心棒役として同行したのだ。それというのも、藩邸に帰る途中に襲われた宇津と江島のことがあったからである。

雲十郎たちは、行徳河岸にある大松屋の店の脇まで来て足をとめた。

「この店が、大松屋だ」

浅野が、大松屋を指差しながら小宮山に言った。

「話には聞いていたが、大きな店だな」

小宮山が驚いたような顔をした。

大松屋は土蔵造りで二階建ての大きな店である。店の脇には、船荷をしまう倉庫があり、裏手には白壁の土蔵もあった。繁盛《はんじょう》している店らしく、商家のあるじらしい男や店の奉公人などが頻繁《ひんぱん》に出入りしている。

雲十郎たち四人は、大松屋の暖簾《のれん》をくぐった。ひろい土間の先に板敷きの間があり、左手が帳場になっていた。

帳場格子の向こうで、年配の男が帳場机を前にして算盤《そろばん》をはじいていた。番頭だろうが、顔を伏せているので、だれなのかはっきりしない。男の背後には、算用帳、勘定目録、大福帳などの帳簿類がびっしりとかかっている。

土間にいた手代が、雲十郎たちのそばに来て、

「何かご用でございましょうか」

と、戸惑《とまど》うような顔をして訊いた。いきなり、四人もの武士が店に入ってきたからであろう。

「われらは、畠沢藩の者だ。あるじに取り次いでくれ」

浅野が言った。

「お、お待ちを――。番頭に話してきます」

手代は、慌てた様子で帳場に行った。

帳場にいた男は手代から話を聞くと、土間に立っている雲十郎たちに顔をむけた。

番頭の登兵衛《とうべえ》だった。雲十郎は、登兵衛と会ったことがあったので、顔を知っていたのである。

登兵衛はすぐに腰を上げ、揉《も》み手《で》をしながら近寄ってきた。

「これは、これは、浅野さま、お久し振りでございます」

登兵衛が、愛想笑いを浮かべて言った。浅野とは、何度か会っているのだろう。

「あるじは、いるかな」

浅野が訊いた。

「おりますが、どのようなご用件でございましょうか」

「国許から目付筋の者が見えたのでな、挨拶に来たのだが、おりいって訊きたいこともあってな」

浅野が小宮山に目をむけて言った。

すると、小宮山が、

「目付組頭の小宮山宗助だ。よろしくな」

と、番頭を見すえて言った。

「て、てまえは、番頭の登兵衛でございます。よろしく、お付き合いのほどを——」

登兵衛は両手をついて低頭すると、お上がりになってくださいまし、と言って、雲十郎たちを板敷きの間に上げた。

登兵衛が案内したのは、帳場の奥のこざっぱりした座敷だった。そこは、上客との商談のための座敷である。雲十郎たちは、以前にもこの座敷であるじの繁右衛門から話を聞いたことがあったのだ。

登兵衛は、雲十郎たちが座敷に腰を落ち着けたのを見ると、

「すぐに、あるじに伝えてまいります」

と言い残し、慌てた様子で座敷から出ていった。

待つまでもなく、廊下でふたりの足音が聞こえ、障子《しょうじ》があいた。姿を見せたのは繁右衛門と登兵衛だった。

繁右衛門は、赤ら顔で目が細かった。恵比須《えびす》を思わせるようなふっくらした頰をしている。唐桟《とうざん》の羽織に子持ち縞《じま》の小袖、路考茶《ろこうちゃ》の角帯をしめていた。大店の旦那《だんな》ふうの身装《みなり》だが、大柄な体によく似合っている。

「てまえが、あるじの繁右衛門でございます」

そう名乗って、繁右衛門は深々と頭を下げた。

小宮山があらためて名乗った後、

「繁盛しているようだな」

と、小声で言い添えた。

「これもみな、阿波守さまをはじめ、ご家中の方々にお世話になっているお蔭《かげ》でございます」

繁右衛門が、恵比須のような顔をほころばせて言った。

阿波守とは、畠沢藩主の倉林阿波守忠盛のことである。

「ところで、繁右衛門、ちと訊きたいことがあるのだがな」

浅野が、声をあらためて切り出した。

「なんでございましょうか」

繁右衛門の顔から笑みが消えた。

「しばらく前のことだが、店に目付の宇津と江島が来たな」

「は、はい、いらっしゃいましたが……。何ですか、おふたりは当店からの帰りに、何者かに襲われてお亡くなりになったとか」

繁右衛門が眉《まゆ》を寄せて言った。どうやら、宇津と江島が斬殺されたことを耳にしているようだ。

「そのことで、訊きたいことがあるのだがな。宇津たちは、店に来て何を調べたのだ」

浅野が訊いた。

「なんですか、確かめたいことがあるので、取引きにかかわる帳簿を見せてくれとおっしゃられましてね。番頭さんがお出ししますと、丹念に見られていたようですが、ご納得いただいたようで、不審な点はない、すべて適切に処理されている、とおっしゃられてお帰りになりましたが……」

繁右衛門が、笑みを浮かべて言った。

脇で聞いていた雲十郎は、死人に口なしだからな、何とでも言える、と胸の内でつぶやいたが、口にはしなかった。

「ふたりがそう言ったのなら、まちがいあるまい」

浅野が言うと、つづいて小宮山が、

「ちかごろ、次席家老だった広瀬さまから何か話があったのか」

突然、広瀬の名を出して訊いた。

「い、いえ、何もございませんが……」

繁右衛門が、声をつまらせて言った。笑みが消え、顔が狼狽《ろうばい》するようにゆがんだが、すぐに表情を消した。

「何か話があったはずだがな」

そう言っただけで、小宮山は口をとじてしまった。どうやら、小宮山は広瀬の名を出して、繁右衛門の反応を見たらしい。

いっとき、座敷が静まったが、浅野が、

「ところで、書役の紺野昌之助を知っているかな」

と、声をあらためて訊いた。

「は、はい、一度お会いしたことがございます」

「何しに来たのだ。書役の者が、この店に用があるとは思えんが——」

浅野が繁右衛門を見すえて訊いた。

「なんですか、藩の専売米のことで書状に認《したた》めることがあり、てまえの店で扱う石《こく》高《だか》と、江戸に米を運ぶ船の名、それに船頭の人数などを知りたいとおっしゃられました。……てまえが、お答えするより、そうしたことは番頭さんの方が詳しいので、番頭さんに話してもらいましたが……」

繁右衛門は、記憶をたどるように言葉を切りながら話した。

「書状にな」

浅野は腑《ふ》に落ちないような顔をしたが、紺野のことはそれ以上訊かなかった。

それから、雲十郎たちは小半刻（三十分）ほど話し、

「また、寄らせてもらうぞ」

と浅野が言い置いて、腰を上げた。

雲十郎たちは大松屋を出ると、日本橋川沿いの道を川上にむかって歩いた。今日のところは藩邸に帰るのである。

「あれでは、帳簿を調べても何も出てこないだろうな」

浅野が小声で言った。

「不正をつきとめるのは、むずかしいな」

と、小宮山。

「だが、何かある。そうでなければ、宇津や江島を襲ったりは、しないはずだ」

「いかさま」

浅野と小宮山は、そんなやり取りをしながら歩いていた。

雲十郎はふたりの後を歩きながら、背後に気を配っていた。跡を尾けてくる者がいるのではないかと思ったのだ。

だが、それらしい人影はなかった。日本橋川沿いの通りは、いつもと変わりなく様々な身分の人々が行き交っている。

雲十郎たちの半町ほど後ろに、笈《おい》を背負い、息杖を手にした巡礼がふたり歩いていた。父娘《おやこ》であろうか。菅笠《すげがさ》をかぶって顔は見えないが、ひとりは若い女でもうひとりは年寄りの男に見えた。

ふたりは行き交う人々の陰に身を隠すようにして、雲十郎たちの後を歩いていく。やがて、ふたりは八丁堀から竹河岸を通り、京橋のたもとまできた。

前を歩いていた年寄りふうの男が、

「大事なさそうだな」

と、小声で言った。

「はい」

女が小声で答えると、菅笠の端をつまんで上げ、前方の雲十郎の背に目をやっていたが、胸の思いをふっ切るようにきびすを返した。

巡礼姿のふたりは、来た道を足早にもどっていく。

3

「紺野が出てきました」

富川が、声を殺して言った。

雲十郎、馬場、富川の三人は、日本橋川沿いに植えられた柳の樹陰にいた。そこから、大松屋の店先に目をやって、紺野が出てくるのを待っていたのだ。

この日、雲十郎と馬場は愛宕下の上屋敷に出かけ、今後どうするか浅野と相談しているところに、浅野の配下の富川が慌てた様子で顔を出し、紺野がひとりで長屋を出て裏門にむかったことを口早に伝え、

「行き先を確かめてみます」

そう言い残し、飛び出して行こうとした。

すぐに、馬場が立ち上がった。

「おれたちも行く」

雲十郎も同行することにし、急いで裏門から出ると、路地の一町ほど先に紺野らしい後ろ姿が見えた。

「尾けるぞ」

「はい」

雲十郎たち三人は、紺野の跡を尾け始めた。

紺野は京橋、日本橋と歩き、日本橋川沿いの通りを川下にむかい大松屋に入った。

「どうします」

富川が訊いた。

「しばらく、待ってみよう」

雲十郎たちは、せっかく大松屋まで来たので、店先の見える樹陰で紺野が出てくるのを待つことにした。

それから、半刻（一時間）ほどして、紺野が大松屋の店先から姿をあらわしたのである。

「番頭も出てきたぞ」

馬場が言った。

紺野につづいて、番頭の登兵衛が店先に姿をあらわした。

登兵衛は店先で紺野と何やら言葉を交わした後、ちいさな風呂敷包《ふろしきづつ》みを手渡した。

紺野は風呂敷包みを手にすると、足早に店先から離れていった。

登兵衛は店先に立って紺野を見送っていたが、その後ろ姿が遠ざかると、きびすを返して店にもどった。

紺野は、雲十郎たちが身をひそめている方に歩いてきた。雲十郎たちは身をちいさくして、紺野が通り過ぎるのを待った。

「尾けるぞ」

雲十郎たちは紺野が半町ほど遠ざかったところで、通りに出た。紺野は、行き交う人のなかを足早に歩いていく。

七ツ半（午後五時）ごろであろうか。陽は西の空に沈み始めていた。夕陽が日本橋川の川面を淡い茜色に染めている。その辺りは米河岸と魚河岸が近いせいもあって、荷を積んだ猪牙舟《ちょきぶね》や茶船などが頻繁に行き交い、夕陽に染まった川面に波を立てて行き過ぎていく。

紺野は日本橋川にかかる江戸橋を渡り、本材木町《ほんざいもくちょう》に入った。楓川沿いの道を南にむかって歩いていく。

「このまま、藩邸に帰るつもりでしょうか」

富川が言った。

「そうかもしれん」

まだ、何とも言えなかった。

そのとき、前を歩いている紺野が振り返った。遠方ではっきりしないが、後ろを気にしているようにも見えた。

さらに半町ほど歩くと、また紺野が振り返った。

……気付かれたか！

と、雲十郎は思った。

だが、紺野は足を速めるでもなく、道を変えるでもなく、これまでと同じ歩調で歩いていく。

しばらく歩くと、前方に京橋川にかかる白魚橋が見えてきた。

「おい、右手にまがったところが、竹河岸だぞ」

馬場の顔が、けわしくなった。竹河岸は、宇津と江島が斬殺された場所である。

「ま、まさか、われわれを待ち伏せしているのでは……」

富川が、声をつまらせて言った。

「どうかな」

雲十郎は、襲撃するにはすこし早い気がした。

まだ、暮れ六ツ（午後六時）前で、通り沿いの表店は店をあけていたし、行き交う人の姿も多かった。おそらく、竹河岸にも人通りがあるだろう。竹を扱う店も商売をしているはずである。

「竹河岸の方に、まがった！」

馬場が声を上げた。

見ると、紺野が橋のたもとを右手にまがったところだった。その先が竹河岸である。

「急ぐぞ」

雲十郎は小走りになった。橋のたもとに並ぶ店の陰になって、紺野の姿が見えなくなったのだ。

雲十郎たち三人が橋のたもとまで行くと、川沿いの道を歩いている紺野の後ろ姿が見えた。その辺りが、竹河岸である。

……ここで、襲うはずはない。

と、雲十郎は思った。

竹河岸には、行き交うひとの姿が多かった。竹を扱う店の奉公人、船頭、商家の旦那ふうの男などに混じって町娘や八丁堀同心らしい男の姿もあった。何人もで襲撃するには、人目があり過ぎる。

やはり、何事も起こらなかった。紺野は竹河岸を通り抜け、京橋のたもとに出た。そこは東海道である。

紺野は、京橋のたもとを左手におれて橋を渡った。このまま、愛宕下の藩邸に帰るのかもしれない。

京橋川は賑わっていた。大勢の老若男女にまじって、駕籠、騎馬の武士、荷を運ぶ大八車などが行き交っている。

紺野は橋上の人混みのなかで、また背後を振り返った。雲十郎たちに気付いているのだろうか。それにしては、尾行者を撒《ま》こうとするような動きがなかった。

京橋を渡ると、紺野は東海道を南にむかった。やはり、藩邸に帰るのかもしれない。

新両替町《しんりようがえ》を過ぎて、道が交差しているところへ来ると、紺野が左手にまがった。

「おい、まがったぞ」

馬場が声を上げた。

藩邸に帰る道筋とはちがう。紺野は、藩邸ではなく別の場所に行くようだ。

雲十郎たち三人は足を速めて左手におれ、紺野と同じ通りに入った。

前方に紺野の姿があった。東にむかっていく。

「紺野は、どこへ行く気だ」

馬場が首をひねった。

「妙だな」

通りの先は、三十間堀《さんじつけんぼり》に突き当たるはずだった。橋を渡ってさらに東にむかうと、築地である。築地には旗本屋敷や大名の下屋敷などが多いが、畠沢藩とかかわりのある者が住む屋敷はないはずである。

4

紺野は三十間堀に出たところで、堀沿いの道を南にむかった。

通りは急に寂しくなり、人影はまばらになった。一日の仕事を終えた職人や大工などが、疲れた足取りで通り過ぎていく。

そのとき、石町《こく》の暮れ六ツ（午後六時）の鐘が鳴り始めた。いっときして、鐘の音がやむと、あちこちから表戸をしめる音が聞こえてきた。通り沿いの店が店仕舞いを始めたのである。

紺野は歩調も変えず、堀沿いの道を歩いていく。

通り沿いの樹陰や店仕舞いした店の軒下などには、淡い夕闇が忍び寄っていた。三十間堀の水面も澱《よど》んだように黒ずんでいる。通りの人影はさらにすくなくなり、ときおり遅くまで仕事した職人や一杯ひっかけた男などが、通りかかるだけである。

前方に三十間堀にかかる新《あたら》シ橋が見えてきた。

……何かあるぞ。

雲十郎の胸が騒いだ。紺野は雲十郎たちが尾けてくるのを知っていて、わざわざ物寂しい通りに入ったのではあるまいか――。

雲十郎は罠かもしれないと思い、背後を振り返った。

武士が三人、小走りに近付いてくる。網代笠をかぶり、小袖に裁着袴、草鞋履きである。

「罠だ！」

雲十郎が声を上げた。

「なに！」

馬場も振り返った。

「おれたちを襲った三人だぞ」

馬場が目を剝いて言ったとき、

「前にもいます！」

と、富川がひき攣《つ》ったような声を上げた。

前方の川岸の桜の樹陰に人影があった。ふたりいる。こちらは、網代笠をかぶっていなかった。ふたりとも見覚えのない顔である。小袖に袴姿で、大刀を一本落とし差しにしていた。牢人体の男である。

ふたりの男は、ゆっくりとした足取りで樹陰から通りに出ると、雲十郎たちの行く手を塞《ふさ》ぐように立った。

「挟み撃ちか！」

「おれたちは、ここへおびき出されたようだ」

雲十郎が言った。ふたりの牢人の先に、逃げるように遠ざかっていく紺野の後ろ姿があった。

「ご、五人もいる」

富川が声を震わせて言った。

「やるしかない」

逃げ場はなかった。左手は三十間堀、右手は店仕舞いした表店が並んでいる。

「富川、おれと馬場の間に立て！」

そう声をかけ、雲十郎はすぐに掘割を背にして立った。富川を守るとともに、背後からの攻撃を避けようとしたのである。

馬場がすこし間を置いて雲十郎の左手に立つと、ふたりの間に富川がすばやく走り込んだ。

後ろから三人、前からふたり——。ばらばらと走り寄り、雲十郎たち三人を取りかこむように立った。

雲十郎の前に立ったのは、小柄でずんぐりした体軀の男だった。

雲十郎は男を見つめながら、

「おぬしが、鬼猿か」

と、訊いた。顔は見えなかったが、小宮山と馬場から名と体軀を聞いていたのだ。網代笠をかぶった三人は、その体軀と身装から、鬼猿、守島、関山とみていいようだ。馬場や宇津たちを襲った三人である。

「よく分かったな」

顔は見えなかったが、声に驚いたようなひびきがあった。突然、雲十郎が名を口にしたからであろう。

「鬼仙流を遣うそうだな」

雲十郎が言った。

「いかにも。……おれの二刀で、頭をぶち割ってくれるわ!」

叫びざま、鬼猿は腰の二刀を抜きはなった。

「これか!」

雲十郎は、鬼猿の手にした二刀を目にした。

右手が定寸より短い二尺ほどの大刀、左手が一尺五、六寸の小刀――。二刀とも身幅のひろい剛刀である。

鬼猿は左右の二刀を縦横にふるってくる、と雲十郎はみた。

雲十郎は左手で刀の鯉口を切り、右手を柄に添えると、腰を沈めて居合の抜刀体勢をとった。

「居合か」

鬼猿は、大小の切っ先を雲十郎の喉元にむけた。

両刀の剣尖の間が一寸ほどある。その間の先に、網代笠をかぶった鬼猿の姿が見えた。

ふたりの間合はおよそ四間――。まだ、居合の抜きつけの間合の外である。

一方、馬場は痩身の武士と対峙していた。

馬場は、武士の体付きと構えから溜池沿いで襲ってきた三人のうちのひとりとみていた。おそらく、守島英之助であろう。

馬場は八相に構えていた。刀身を垂直に立てている。大柄な体とあいまって、おおい被《かぶ》さるような大きな構えだった。

瘦身の武士は、下段に構えていた。下段というより、刀身を足元に垂らしているだけに見える。

……こやつ、手練《てだれ》だ！

と、馬場は察知した。

瘦身の武士の構えは、不気味だった。身構えに覇気がなく、死人が立っているような感じがした。それでいて、構えに隙がない。ぬらりと立った全身から、痺《しび》れるような剣気を放っている。

馬場と瘦身の武士の間合は、およそ三間半――。

いっとき、ふたりは八相と下段に構えたまま対峙していたが、先に瘦身の武士が動いた。

つつッ、と趾《あしゆび》で地面を摺るようにして間合をせばめてくる。

武士の構えは、まったく変わらなかった。刀身を足元に垂らしたまま、スーと馬場に迫ってくる。

……読めぬ！

瘦身の武士が下段からどうくるのか、馬場には読めなかった。

間合がせばまるにつれ、痩身の武士の全身に斬撃の気配が高まってきた。いまにも、斬り込んできそうである。

そのとき、富川と相対していた大柄な牢人が、摺り足で間合をつめ始めた。牢人は低い八相に構え、富川は青眼に構えていた。

牢人は陽に灼《や》けて赭黒い顔をした男だった。双眸《そうぼう》が血走り、分厚い唇の間から歯が覗いていた。悪相である。

青眼に構えた富川の切っ先が、小刻みに震えていた。真剣勝負の恐怖と気の昂りで体が顫えているのだ。

牢人の八相に構えた刀身も、かすかに震えていた。腰も高い。ただ、顔に恐怖の色はなく、獰猛《どうもう》な獣のように熱《いき》り立っている。

もうひとりの牢人は、馬場の左手にいた。青眼に構え、切っ先を馬場にむけている。この男と馬場との間合は、四間ほどもあった。斬り込んでくる気配がない。馬場と痩身の武士の闘いを見てから、動くつもりらしい。

関山仲太郎と思われる中背の武士は、雲十郎の右手にいたが、大きく間合をとっていた。青眼に構えていたが斬撃の気配はなく、他の四人の動きを見ているようだ。

5

鬼猿が、雲十郎の抜刀の間合に迫ってきた。全身に激しい気勢が漲《みなぎ》り、いまにも斬り込んできそうな気配がある。

雲十郎は気を静めて、鬼猿との間合を読んでいた。居合は抜刀の迅さと正確な間積もりが命である。

……横霞《よこがすみ》を遣う。

雲十郎の遣う居合には、横霞と呼ばれる技があった。抜けつけの一刀を横一文字に払うのである。真横にはしる刀身の動きが迅く、敵の目には横にはしる閃光が一瞬映るだけである。そのため、横霞と呼ばれていた。

さらに、鬼猿が迫ってきた。鬼猿の手にした大小の切っ先は、雲十郎の喉元にむけられている。そのまま喉を突いてくるような威圧感があった。

……あと、一歩！

雲十郎がそう読んだとき、ふいに鬼猿の寄り身がとまった。

突如、鬼猿の全身に斬撃の気がはしり、小柄な体が膨れ上がったように見えた。次

らしい。跳躍《ちようやく》した

の瞬間、鬼猿の体が前に跳んだ。
キエッ！
猿声のような甲高い気合がひびき、鬼猿の姿が雲十郎の眼前に迫った。跳躍《ちようやく》した
らしい。
タアッ！
次の瞬間、鬼猿が左手の小刀を横に払った。一瞬の太刀捌《たちさば》きである。
鋭い気合と同時に、雲十郎が抜きつけた。
迅い！
雲十郎の腰元から閃光が袈裟にはしった。鬼猿が跳躍したのを見た瞬間、雲十郎は
横一文字に払う横霞の太刀を袈裟にふるったのだ。
雲十郎の袈裟と鬼猿の横の払い――。二筋の刃光がはしり、雲十郎の切っ先が鬼猿
のかぶっていた網代笠を斬り裂き、鬼猿の刀身は空《くう》へ流れた。
次の瞬間、雲十郎は後ろへ跳び、鬼猿はすばやく大刀を真っ向へ斬り下ろした。小
刀を横に払い、大刀を真っ向へ斬り下ろす。これが、鬼猿の遣う大小の連続技であ
る。
バサッと、雲十郎の着物が左肩から胸にかけて斬り裂かれた。鬼猿の大刀の切っ先

がとらえたのだ。

だが、雲十郎の肌に血の色はなかった。咄嗟に、雲十郎が背後に跳んだため、鬼猿の切っ先がとどかなかったのである。

ふたりは大きく間合をとると、雲十郎は脇構えにとり、鬼猿は大小の切っ先を雲十郎の喉元にむけた。

網代笠の裂け目から覗いている鬼猿の細い目が、青白くひかっている。獲物《えもの》が近付くのを待っている蛇《くちなわ》のような目である。

「居合が抜いたな」

鬼猿の口許に薄笑いが浮いた。鬼猿は、雲十郎が脇構えにとったのを見て、勝てると踏んだらしい。

……だが、互角《ごかく》だ。

と、雲十郎はみた。

たしかに、居合は抜刀してしまうと威力が半減する。だが、雲十郎も鬼猿の遣う大小の太刀筋を見ていた。鬼猿は横に払う小刀の一の太刀を捨て太刀にし、真っ向に斬り下ろす大刀の二の太刀で、敵の頭を斬り割る。敵の太刀筋が分かれば、脇構えからでも闘う手はあるのだ。

「うぬの頭、ぶち割ってくれるぞ！」

叫びざま、鬼猿が間合をつめ始めた。

そのとき、ギャッ！　という絶叫がひびき、富川が身をのけぞらせた。

富川の肩から胸にかけて着物が裂け、血の色があった。大柄な牢人の袈裟斬りをあびたらしい。

富川はよろめきながら後じさり、三十間堀の岸際まで逃れて足をとめた。富川は何とか立って切っ先を牢人にむけているが、刀身はワナワナと震え、腰は浮いていた。

……富川は、斬られる！

と雲十郎はみたが、助けに行くことはできなかった。雲十郎自身も、あやういのである。雲十郎は、馬場に目をやった。馬場も、敵刃をあびていた。右袖が裂け、二の腕に血の色があった。対峙した痩身の武士は下段に構え、馬場に迫っていく。

……このままでは、皆殺しになる！

雲十郎が、胸の内で叫んだ。

だが、逃げたくとも逃げられなかった。雲十郎たちは五人の敵に取りかこまれ、打つ手がない。

「斬れ！　ひとり残らず、斬れ」

雲十郎の右手にいた中背の武士が叫んだ。

そのときだった。

何かが飛来する音がし、鬼猿が身をのけぞらせた。

石礫《いしつぶて》だ！

だれかが打った石礫が、鬼猿の背中に当たったらしい。

「何者だ！」

鬼猿が叫んで、後じさった。間をとって、雲十郎の斬撃を避けたのである。

……ゆいだ！

雲十郎は、石礫を打った者を知っていた。ゆいという女である。

つづいて、石礫の飛来する音がし、痩身の武士が体勢をくずした。石礫が、脇腹に当たったらしい。

……ゆいの他にもいる！

痩身の武士の脇腹に当たった石礫は、まったく別の場所から飛んできたのだ。

さらに、別の場所からも石礫が飛んできた。次々に石礫が飛来し、雲十郎たちをとりまいた五人の武士の背や腰、脇腹などに当たった。

三十間堀沿いの道際の樹陰や表店の脇に黒い人影が見えた。何人かいるらしい。すばやく動きながら石礫を打っているようだ。

「ひ、引け！」

中背の武士が叫んで、反転した。

鬼猿はすばやく後じさり、

「鬼塚、命拾いしたな」

と、言い捨てて走りだした。

すぐに、痩身の武士とふたりの牢人も駆けだした。

雲十郎は逃げる鬼猿たちは追わず、石礫の飛んできた辺りに目をやった。

道沿いの店の脇から、黒い人影が姿をあらわした。柿《かき》色の筒袖に裁着袴、頭巾《ずきん》で顔を隠している。

……やはり、ゆいだ！

そのしなやかな体付きに見覚えがあった。梟組《ふくろうぐみ》のゆいである。

畠沢藩には、梟組と呼ばれる隠密組織があった。代々の城代家老の許に、家中から剣、槍、手裏剣《しゅりけん》などの遣い手、身軽で足の速い者、変装に長《た》けた者などがひそかに集められて組織されたのである。

梟組の者たちは闇にひそみ、その姿をあらわさないことから梟組と呼ばれていた。

身分は様々だが、軽格の者が多く郷士もいるとの噂だった。

路傍の樹陰から、人影がもうひとつあらわれた。こちらは小柄である。

……百蔵《ももぞう》どのだ！

渋沢《しぶさわ》百蔵だった。ゆいと同じ梟組で、小頭である。

姿を見せたのは、ふたりだけだった。雲十郎は何人もいると思ったが、ふたりだけらしい。ゆいと百蔵が、すばやく移動しながら石礫を打ったため、何人もいるように見えたのであろう。

ふたりは雲十郎たちにちいさく頭を下げると、反転して近くの店の脇に走り込んで姿を消した。

「ゆいどのと、百蔵どのか」

馬場が、雲十郎のそばに来た。馬場も、ゆいと百蔵を知っていた。

「また、助けられたな」

これまでも、雲十郎と馬場は、ゆいと百蔵に助けられたことがあったのだ。

「馬場、傷は？」

雲十郎は、馬場の右腕を見た。袖が裂け、血の色がある。ただ、浅手のようだった。出血もわずかである。

「おれより、富川だ」

馬場が富川の方を振り返って言った。

雲十郎と馬場は、堀際に立っている富川のそばに走り寄った。富川は、肩から胸にかけて着物が裂け、蘇芳《すおう》色に染まっていた。刀を引っ提げたまま顔を苦痛にゆがめて、立っている。

……出血が激しい！

と、雲十郎はみた。

「富川、そこに屈《かが》め」

雲十郎は、ともかく出血を抑えようと思った。

馬場にも手伝わせて富川の袖を肩口から切り取り、傷口をあらわにした。肩から胸にかけて斬られ、血が流れ出ていた。

雲十郎は懐から手ぬぐいを取り出して折り畳《たた》み、富川の傷口に押し当てた。そして、切り取った袖を縦に裂いて何本もの帯を作ると、それを結んで長くし、馬場とふたりで肩から腋《わき》にまわして強く縛《しば》った。

「これでいい」

雲十郎は出血が抑えられれば、助かるだろうと思った。

「ともかく、藩邸にもどろう」

雲十郎たち三人は、藩邸にむかって歩きだした。

6

「おれは、もう寝るぞ」

馬場が、大口をあけて欠伸《あくび》をした。顔が、熟柿《じゅくし》のように赭く染まっている。

雲十郎と馬場は夕餉《ゆうげ》の後、住まいにしている山元町の借家の座敷で酒を飲んだのだ。馬場は大きな体に似合わず、酒はあまり強くなかった。それに、酔うとすぐに眠くなるようだ。

「勝手にしろ」

雲十郎は、まだ飲みたりなかった。それに、六ツ半（午後七時）ごろで、いまから寝る気にもならない。

「アアア……。どういうわけか、飲むと眠くなるな」

馬場は、巨体をふらつかせながら座敷から出て行った。

雲十郎が膝先に置いた貧乏徳利の酒を湯飲みについで飲んでいると、奥の寝間から馬場の鼾《いびき》が聞こえてきた。

……月でも眺めながら飲むか。

雲十郎は、貧乏徳利と湯飲みを手にして縁側に出た。

縁側の先に、狭い庭があった。庭といっても、板塀の脇に梅と枯れかかった松があるだけで、地面は雑草におおわれていた。馬場と雲十郎が住むようになってから、庭の手入れなどしたことがなかったのだ。

静かな夜だった。頭上で、月がかがやいていた。縁側は夜陰につつまれていたが、微風のなかに春らしい柔らかな温《ぬく》みがある。

雲十郎が月を眺めながら、小半刻（三十分）ほど飲んだときだった。

戸口の方で、かすかな足音がした。ヒタヒタと近付いてくる。

……ゆいだ！

雲十郎は、その足音に聞き覚えがあった。ゆいである。ゆいは、これまで何度か借家に姿を見せていた。

ゆいは、ほとんど足音をたてずに歩くことができたが、雲十郎に会いにくるときは、忍び歩きをせずにくることもあった。

夜陰のなかに、黒い人影が浮かび上がった。ゆいは、闇に溶ける柿色の筒袖と裁着袴姿だったが、頭巾はしていなかった。ゆいの色白の顔が月光に照らされ、淡い青磁《せいじ》色にかがやいている。

ゆいは、雲十郎の前までくると、

「雲十郎さま、お久しゅうございます」

と言って、腰をかがめて地面に片膝をつこうとした。ゆいは雲十郎と庭で会うとき、いつもそうしていたのである。

「ゆい、ここに、腰を下ろせ」

雲十郎は、脇の縁側に手をむけた。

ゆいは、戸惑うような顔をしたが、はい、と答え、雲十郎の脇に腰を下ろした。そして、背後の障子に目をやり、

「馬場さまは、お休みですか」

と、小声で言った。障子の向こうから、馬場の鼾が聞こえたのである。

「酒を飲むと、いつも、こうなる」

雲十郎が苦笑いを浮かべて言った。

ふたりは黙したまま、夜陰と静寂《しじま》につつまれていたが、

「また、ゆいと百蔵どのに助けてもらったな」

と、雲十郎が小声で言った。

雲十郎たちが、鬼猿たち五人に襲われて七日過ぎていた。深手を負った富川は、雲十郎と馬場の応急手当てがよかったのか、何とか命をとりとめ、いまは藩邸の長屋で休んでいた。

「笠で顔を隠した武士が、雲十郎さまたちを尾けておりましたので、もしや、と思い、百蔵どのと跡を尾けたのです」

ゆいが、言った。

「ところで、ゆいと百蔵どのは、いつ江戸に？」

半年ほど前、雲十郎が馬場や浅野たちと、刺客として江戸に送りこまれてきた鬼仙斎たちと闘ったとき、七日前と同じようにゆいに助けられたことがあったのだ。

その後、雲十郎はゆいたちとともに鬼仙斎たちを斃し、黒幕だった用人の松村の悪事をあきらかにした。そして、事件の決着がつくと、ゆいと百蔵は国許に帰っていたのだ。

「一月ほど前に、百蔵どのと出府しました」

ゆいが小声で答えた。

百蔵は梟組の小頭で、ゆいを支配する立場だが、伯父《おじ》でもあった。ただ、梟組の任についているときは、伯父も姪《めい》もないらしい。

「国許の御家老の指図か」

雲十郎が口にした御家老は、城代家老の粟島のことである。梟組は、粟島の支配下にあるのだ。

「はい、御家老さまは、雲十郎さまたちとともに鬼猿たち三人を討ち、陰で鬼猿たちをあやつる者どもの悪事を明らかにせよとの仰《おお》せでした」

「御家老は、隠居した広瀬が鬼猿たちを出府させたとみておられるのか」

雲十郎が訊いた。

「そうみておられます」

「それで、鬼猿たちは、何のために出府したのだ。……大松屋を調べている目付たちを斬殺し、探索を阻止するためか」

雲十郎は、それだけではないような気がした。

「それもありますが、他にも狙いがあるはずです」

ゆいが言った。静かな声だが、梟組のひとりらしい強いひびきがある。

「他の狙いとは?」

「おそらく、江戸の御家老の小松さまと大目付の先島さまのお命かと」

「やはり、そうか」

確証はないが、広瀬が後ろ盾《うしだて》になって、小松と先島を暗殺するための刺客を江戸に送ってきたのは、これで二度目になる。

鬼猿たちを江戸にさしむけた広瀬にとって、粟島派の中核である小松と先島が、邪魔なのだ。それに、小松と先島が江戸にいるかぎり、大松屋とのかかわりをいつあばかれるか分からない懸念《けねん》があるのだろう。それで、何とか小松と先島を闇に葬《ほうむ》ろうとしているにちがいない。

ただ、広瀬が鬼猿たちをあやつっているという確証はないようだ。広瀬は狡猾《こうかつ》でなかなか確証をつかませないのだ。

「それに、鬼猿には、師である鬼仙斎を雲十郎さまに討たれた恨みがあるかもしれません」

「うむ……」

となると、鬼猿は執拗《しつよう》に雲十郎の命を狙ってくるだろう。

「ところで、ゆい、三十間堀沿いで襲われたとき、五人だったが、鬼猿、守島、関山の三人の他にも仲間がいるのか」

雲十郎が声をあらためて訊いた。

「はっきりしませんが、牢人ふたりは、鬼猿たちが江戸に出てから仲間にくわわったようです」

「そうか。いずれにしろ、牢人も何とかせねばならんな」

これからも、鬼猿たちに荷担《かたん》するのではないか、と雲十郎はみた。

「牢人の居所を探ってみましょうか」

ゆいが、雲十郎に顔をむけて訊いた。

「そうしてくれ。……ところで、鬼猿たち三人の隠れ家はつかめているのか」

雲十郎は、三人の居所が知れれば、こちらから襲って仕留める手もあると思った。

「それが、まだ、つかめておりません」

「うまく、身を隠しているようだな」

「はい……」

ふたりが口をつぐむと、夜の深い静寂がふたりをつつんだ。夜空にぽっかりと浮かんだ月が、天空から雲十郎とゆいを見つめている。

「ゆい、もう腕の傷は治ったのか」

雲十郎が小声で訊いた。

ゆいは、雲十郎とともに鬼仙斎たちと闘ったとき、左腕を負傷したのだ。その傷を雲十郎が手当てしたのである。

「すっかりよくなりました。……雲十郎さまのお蔭です」

そう言って、雲十郎を見つめた顔に、切なそうな表情が浮いた。だが、その表情はすぐに消え、梟組らしいひきしまった顔になると、

「雲十郎さま、いずれ、また──」

と言い残し、小走りにその場から去っていった。

ゆいの後ろ姿が夜陰のなかに消えると、雲十郎はかたわらにあった湯飲みに手を伸ばした。もうすこし、飲もうと思ったのである。

第三章　囮《おとり》

1

「ひとりですが、牢人の居所が知れました」

ゆいが、雲十郎と馬場に目をやって言った。

雲十郎たちの住む山元町の借家だった。朝餉の後、雲十郎と馬場が、藩邸に行こうとして戸口から出ようとしたとき、ゆいが姿を見せた。

ゆいは、門付《かどづけ》（鳥追《とりおい》）の姿をしていた。菅笠をかぶり、三味線《しゃみせん》を手にしていた。手甲脚半《てっこうきゃはん》姿で日和下駄《ひよりげた》を履いている。ゆいは、ときおり門付に変装することがあった。尾行や張り込みなどのとき、巡礼や門付などに身を変えるのである。

毎年正月だけは、女の門付のことを鳥追と呼んでいた。その時は、編笠をかぶり、新しい着物で、美しく粧《よそお》って町筋をまわる。

「知れたか。で、何者だ」

雲十郎が訊いた。

「名は、関口源兵衛《せきぐちげんべえ》。ならず者のような暮らしをしているようです」

ゆいによると、百蔵が町人に身を変え、浅草《あさくさ》と両国《りょうごく》の盛《さか》り場を歩き、ふたりの牢人のことを聞き込んだという。その結果、大柄な牢人の名と居所が知れたそうだ。百蔵が浅草と両国に絞って探ったのは、鬼猿たち五人を尾行しているとき、大柄な牢人が浅草の女郎屋のことを口にしたからだという。

「居所は？」

「浅草の長屋です」

ゆいが言った。

「そやつをつかまえて吐かせるか」

馬場が意気込んで言った。

「そのつもりだが、まず関口の身辺を探ってみよう」

関口を捕らえるにしても、動向を探ってどこで襲うか決めねばならない。

「これから関口の塒《ねぐら》に行ってみるか」

馬場が言った。

「そうだな。まず、関口の住む長屋を見てみるか」

山元町から浅草は遠いが、まだ朝のうちなので、何とかなるだろう。

「わたしが、案内します」

ゆいが言った。

雲十郎たち三人は借家を出ると、まず日本橋にむかった。ゆいが先に立った。雲十郎と馬場は、ゆいからすこし離れて歩いた。武士が門付といっしょに歩いていると、人目を引くからである。

日本橋を渡ってから奥州《おうしゅう》街道に入り、浅草御門を経て浅草茅《かや》町へ出た。そのまま奥州街道を北にむかえば、浅草寺《せんそうじ》の門前に出られる。

ゆいは鳥越《とりごえ》橋を渡り、浅草御蔵の前を左手に折れた。そして、新堀川《しんぼりがわ》沿いの通りに出ると、東本願寺《ひがしほんがんじ》の方へむかった。

左手に新堀川を見ながらしばらく歩き、町家がつづく地まで来て、ゆいが足をとめた。

この辺りは、浅草阿部川《あべかわ》町で、通り沿いには八百屋《やおや》、古着屋、下駄屋などの小店が並んでいた。行き交う人も町人が多かったが、僧侶や雲水《うんすい》の姿も目についた。通りの先には東本願寺があり、界隈に寺院が多いせいであろう。

ゆいは、雲十郎たちが追いつくのを待って、

「この先にある徳五郎店《とくごろうだな》です」

と、八百屋の脇の路地を指差して言った。

「行ってみよう」

「わたしが案内します」

ゆいが先にたって、路地に入った。

細い路地で、店や表長屋などがごてごてと軒を並べていた。人通りは多く、ぼてふり、職人ふうの男、長屋の女房、子供連れの母親などが、行き交っている。

二町ほど歩くと、ゆいが小体な下駄屋のそばで足をとめた。店の脇に長屋につづく路地木戸がある。

「徳五郎店です」

ゆいが、路地木戸を指差して言った。

「関口はいるかな」

雲十郎が訊いた。

「わたしが見てきます」

そう言うと、ゆいは菅笠を取り、

「これを持っていてください」

と言って、手にしていた三味線といっしょに雲十郎に手渡した。門付の恰好では、長屋の者たちの目を引くからであろう。

雲十郎と馬場は路地を見渡し、路傍に椿《つばき》がこんもりと枝葉を茂らせているのを目にすると、すぐに椿の陰にまわった。武士が菅笠と三味線を手にして路傍に立っていたら、通りすがりの者が好奇の目をむけるだろう。

樹陰で小半刻（三十分）ほど待つと、ゆいが小走りにもどってきた。

「どうだ、関口はいたか」

すぐに、雲十郎が訊いた。

「います。ひとりで、酒を飲んでました」

ゆいによると、関口の住む家の前を通りながら腰高障子の破れ目からなかを覗いてみたという。関口が座敷のなかほどで、貧乏徳利の酒を湯飲みで飲んでいるのが見えたそうだ。

「関口は独《ひと》り暮らしなのか」

「長屋の者に訊いてみたのですが、半年ほど前に関口といっしょに住んでいた女《ひと》が亡くなり、いまは独り暮らしのようです」

「妻女がいたのか」

「その女、近くの飲み屋で酌婦《しやくふ》をしていたそうですよ」

「関口が、引っ張りこんだ女だろう」

馬場が言った。

「さて、どうするか。長屋で、話を聞くのもむずかしいな」

雲十郎は、長屋に踏み込んで関口を取り押さえても、山元町の借家や畠沢藩の藩邸までは連れていけないだろうと思った。かといって、雲十郎たちが長屋に居座って、関口から話を聞くのも避けたかった。住人たちが、騒ぎだすかもしれない。

「近くに寺があります。そこへ連れていったらどうでしょうか」

ゆいによると、路地を二町ほど行くと杜《もり》にかこまれた古刹《こさつ》があるそうだ。そこなら、人目につかずに、話が聞けそうだという。

「よし、そこへ連れ込もう。……それにしても、暗くなってからだな」

雲十郎が、頭上を見上げて言った。

陽は西の空にまわっていたが、まだ春の陽射しが路地を照らしていた。暮れ六ツ（午後六時）の鐘が鳴るまで、一刻（二時間）ほどありそうだ。

雲十郎と馬場は、いったんゆいと別れた。暮れ六ツの鐘が鳴ったら、もう一度長屋の路地木戸の前で会うことにしたのである。

2

雲十郎と馬場が、徳五郎店につづく路地木戸の前まで行くと、ゆいが路傍で待っていた。

ゆいは、門付の姿ではなかった。小袖に下駄履きで、どこでも見かける町娘のような恰好をしていた。どこかで、着替えてきたらしい。

すでに、暮れ六ツの鐘は鳴っていた。まだ西の空には陽の色が残っていたが、路地沿いの家の軒下や樹陰などには夕闇が忍び寄っている。

「関口は、家にいますよ」

ゆいが、小声で言った。どうやら、雲十郎たちが来る前に長屋に行って、関口の家を覗いてきたらしい。

「何をしていた」

雲十郎が訊いた。

「横になって寝てました。酔っているのかもしれません」

ゆいが、座敷に貧乏徳利と湯飲みが置いたままになっていたことを言い添えた。

「鬼塚、踏み込むか」

馬場が勢い込んで言った。

「もうすこし、暗くなってからがいいな」

まだ、長屋では、家の外に出ている者も多いのではないかと思った。暗くなって、住人たちが家に入ってからの方が、騒がれずに済むだろう。

それから、小半刻（三十分）ほどして、雲十郎たちは長屋の路地木戸をくぐった。夕闇のなかに、三棟《むね》古い棟割り長屋が並んでいる。

木戸をくぐると、すぐに井戸があった。辺りは夕闇につつまれ、人影はなかった。家々の腰高障子がぼんやりと明らみ、男のがなり声、赤子の泣き声、母親の子供を叱《しか》る声などが、あちこちから聞こえてきた。長屋は夕めしを終え、家族でくつろいでいるときかもしれない。

「こちらです」

ゆいが、先にたった。

付近に人影はなかったが、それでも気を配って、雲十郎たちは長屋の棟の角や芥溜《ごみため》の陰などに身を隠しながら関口の家にむかった。

ゆいが北側の棟の角まで来て足をとめ、

「奥から二番目の家です」

と、声をひそめて言った。

見ると、腰高障子がぼんやりと明らんでいる。

「いくぞ」

雲十郎たちは、足音を忍ばせて関口の家の前まで行った。

腰高障子の破れ目からなかを覗くと、座敷に横になっている人影が見えた。座敷の隅に置かれた行灯の明かりに、ぼんやりと映し出されている。体の上に掻巻《かいまき》がかけてあった。鼾が聞こえる。どうやら眠っているようだ。

雲十郎は馬場に目配せをしてから、腰高障子に手をかけた。立て付けが悪いらしく、すぐにあかなかった。力を入れて引くと、ガタガタと音をたててあいた。

雲十郎と馬場が、土間に踏み込んだ。ゆいは、戸口の脇に立ったままである。

ふいに、鼾の音がやんだ。掻巻が動き、寝ている関口の体が戸口の方にむいた。目を覚《さ》ましたらしい。

「だ、だれだ！」

関口が、声を上げた。

雲十郎はすばやく刀の鯉口を切り、柄を握って抜刀すると、刀身を峰に返した。話を聞くために、峰打ちで仕留めようとしたのだ。

脇に立っていた馬場も抜いた。

そのとき、ガバッと播巻を撥《は》ねて関口が身を起こした。そして、脇に置いてあった刀を摑《つか》むと、立ち上がって抜きはなった。

雲十郎は座敷に踏み込み、関口に迫った。

ウワアッ！

気合とも悲鳴ともつかぬ声を上げ、関口が斬り付けようとして刀を振り上げた。

瞬間、雲十郎の腰元から閃光がはしった。

横一文字に——。

雲十郎の抜きつけの一刀が、関口の胴を襲った。

ドスッ、というにぶい音がし、雲十郎の峰打ちが、関口の胴を強打した。一瞬の太刀捌きである。

関口は喉のつまったような呻《うめ》き声を上げ、たたらを踏むように前におよいだ。

だが、関口は刀を取り落とさなかった。上体を前にかしげさせて、上がり框《かまち》のそばまで行くと、

「どけ！」

と、怒鳴《どな》り声を上げ、体ごとぶち当たるような勢いで土間に立っていた馬場に斬りかかった。

咄嗟に、馬場が脇に身を寄せざま、袈裟に斬り下ろした。体が勝手に反応したのか
もしれない。

ギャッ！

関口が絶叫し、上がり框から転げ落ちるように土間に倒れた。

関口は土間を這いながら、苦しげな呻き声を上げた。肩口から胸にかけて小袖が裂
け、血が流れ出ている。

「動くな！」

馬場が、関口の顔の前に切っ先を突き付けた。

関口は土間にへたり込み、ハァ、ハァと荒い息を吐きながら馬場を見上げた。顔が
ひき攣り、目がつり上がっている。

雲十郎は、関口の傷を見て、近くの寺まで連れていくことはできない、とみた。出
血が激しかった。長くは持たないだろう。

「馬場、手を貸せ」

雲十郎は馬場とふたりで、関口の帯をつかんで座敷に上げた。

「ともかく、出血を抑えよう」

雲十郎は、戸口にいるゆいを呼んで、三尺手ぬぐいを出してもらった。ゆいは、旅人のようにいつも三尺手ぬぐいを持ち歩いているのだ。

雲十郎は座敷の隅に置いてあった長持ちから、浴衣《ゆかた》を取り出し、折り畳んで傷口に当てると、馬場とふたりで三尺手ぬぐいを関口の肩から腋にまわして縛った。

関口は雲十郎と馬場のなすがままになっていた。顔は土気色をし、体が小刻みに顫えている。

「関口、訊きたいことがある」

雲十郎が切り出した。

「……！」

関口はひき攣ったような顔のまま雲十郎を見上げた。

「おれたちを襲ったが、何か恨みでもあったのか」

雲十郎が訊いた。

「恨みなどない……」

関口は、苦しそうに顔をしかめている。

「では、なぜ、襲ったのだ」

雲十郎がそう言ったとき、脇にいた馬場が、

「おまえに斬られた男は、何とか命をとりとめたが、いまも屋敷から出られないのだぞ」

と、声を荒らげて言った。

「た、頼まれたのだ」

関口が声をつまらせて言った。

「守島や関山たちだな」

雲十郎は、鬼猿の名を出さなかった。鬼猿を名乗っては、いないだろう。

「そ、そうだ」

「どこで、知り合った」

「並木町《なみき》の料理屋だ」

並木町は浅草寺の門前通りにつづいており、料理屋、料理茶屋、遊女屋などが軒を連ねる繁華街である。

関口によると、いっしょにいた堀竹孫兵衛《ほりたけまごべえ》も関山から十両の金を渡され、助太刀を頼まれたという。堀竹は、雲十郎たちを襲った牢人のひとりらしい。

「十両だと。大金だな」

馬場が、脇から口をはさんだ。

「お、おれと、堀竹だけではないぞ。……ち、ちかごろ、新たに四、五人、仲間がくわわったと聞いている」

関口が苦しげに顔をゆがめながら言った。さらに、息が荒くなっている。

関口の出血は、抑えられなかったようだ。すでに、肩口に当てた浴衣は、どっぷりと血を吸っている。

「四、五人もか」

雲十郎は驚いた。関山たちは徒牢人を金で集めているらしい。

関山たちは、徒牢人を集めて畠沢藩の要職にある者を狙っているにちがいない。これまでのように、目付筋の者を襲うにしては人数が多すぎる。それに、腕のたつ鬼猿たち三人がくわわれば、大変な戦力になるはずだ。

……やはり、関山たちが狙っているのは、御家老や先島さまのようだ。

と、雲十郎は思った。

「ところで、関山たちの住家はどこだ」

さらに、雲十郎が訊いた。

「し、知らぬ。……お、おれは、関山どのから金を貰い、両国橋のたもとで会っただけだ」

関口が喘《あえ》ぎながら言った。顔が紙のように蒼《あお》ざめ、体の顫えが激しくなってきた。もう間もない、と雲十郎は思った。

「堀竹孫兵衛の居所は？」

雲十郎が声を大きくして訊いた。

「も、元鳥越町《もととりごえ》の、作兵衛店《さくべえだな》……」

関口が顔をゆがめて言った。

そのとき、関口がグッと喉を鳴らし、背筋を伸ばして体を硬直《こうちょく》させた。体を激しく顫わせ顎を突き出すようにしたが、すぐにがっくりと首が落ちた。そして、体から力が抜け、ぐったりとなった。

「死んだ……」

馬場が言った。

雲十郎たちは関口を座敷に横たえ、搔巻を体に掛けてから外に出た。

屋外は夜陰につつまれていた。長屋のあちこちから灯が洩《も》れ、住人たちの声が聞こえてきた。

「わたしが、作兵衛店にあたってみます」

ゆいが、路地木戸から出たところで言った。

3

ゆいと百蔵が山元町の借家に姿を見せたのは、雲十郎たちが阿部川町に出かけた三日後だった。馬場もいたので、ふたりを座敷に上げた。

ゆいと百蔵は、町人のような格好をしていた。ゆいは町娘の身装だった。百蔵は紺《こん》の半纏《はんてん》に股引《ももひき》姿で、大工か左官のように見える。

ゆいは座敷に座ると、

「堀竹は、作兵衛店から姿を消しました」

と、すぐに切り出した。

ゆいは阿部川町へ行った翌日の午後、元鳥越町の作兵衛店に出向き、長屋の住人に堀竹の家を訊き、戸口からなかを覗いてみたという。だが、堀竹の姿はなかった。あらためて住人たちに訊くと、朝方、堀竹は長屋を出ていったそうだ。

ゆいは、翌日も行ってみたが、やはり堀竹の姿はなかった。堀竹の隣に住む大工の女房が近くにいたので訊いてみると、堀竹は昨夜遅く帰ってきて、今朝早く風呂敷包みをふたつ手にして出ていったという。

「堀竹は、関口が長屋で斬り殺されたのを知って、長屋を出たと思われます」

ゆいが言い添えた。

「そのようだな」

元鳥越町と阿部川町は、それほど遠くなかった。堀竹が、関口の斬殺を知っても不思議はない。

「それで、わしとゆいとで、他の者たちを探ってみたいんですがね」

百蔵がしゃがれ声で言った。物言いまで、町人である。百蔵の動きは敏捷《びんしょう》だが声を聞くと、かなりの歳と知れる。

「他の者というと？」

「守島たちは、関口や堀竹とは別に何人もの牢人を雇ったようだ。その者たちから探れば、守島たちの隠れ家も知れるとみました」

百蔵が言った。

「そうしてくれ」

雲十郎も、牢人たちから探るのはいい手だと思った。

「何か知れたら、知らせにきますよ」

そう言い残し、百蔵が腰を上げると、ゆいもつづいた。

翌日、雲十郎と馬場は、愛宕下の藩邸に出かけた。浅野と会い、その後の探索の様子を聞きたかったのである。むろん、雲十郎たちから浅野に伝えておきたいこともある。

雲十郎たちは、先島の小屋で浅野たちと会った。顔をそろえたのは、雲十郎、馬場、浅野、富川、それに先島だった。

雲十郎は藩邸で浅野と顔を合わせてすぐ、富川に知らせておきたいことがある、と伝えると、浅野が富川も呼んでくれたのである。

富川はだいぶ傷が癒《い》えたらしく、両手を動かしていた。まだ、肩口に晒《さらし》が見えたが、出血はしてないようだ。顔色もいい。

雲十郎は先島たちと対座すると、

「三十間堀で、襲った五人のひとり、関口源兵衛を討ちとりました」

と前置きし、関口の塒を襲ったときの様子をかいつまんで話してから、

「関口が、富川どのに傷を負わせたのです」

と、言い添えた。雲十郎は、富川にそのことを話しておきたかったのである。

「鬼塚どのが、敵《かたき》を討ってくれたのですね」

富川が、身を乗り出すようにして言った。

「いや、おれではない。関口を斬ったのは、馬場だ」

そう言って、雲十郎は馬場に目をやると、

「捕らえるつもりだったのだが、向かってきたので、斬ってしまったのだ」

馬場が照れたような顔をして言った。

富川とのやり取りがすむと、雲十郎が、

「これは、浅野どのや先島さまのお耳に入れておかねばならぬことですが——」

と、声をあらためて切り出し、守島や鬼猿たちが、さらに何人もの牢人を集めていることを話した。

「守島たちは、何をする気なのだ」

先島が、顔をけわしくして訊いた。

「ご家老や先島さまのお命を狙っているのではないかとみています」

雲十郎は、このことを浅野や先島に知らせておきたくて、藩邸に来たのである。

「広瀬は、まだ懲《こ》りぬのか」

先島が、顔に怒りの色を浮かべて言った。

国許にいる広瀬は次席家老だったときも、江戸にいた年寄の松村を通じて、江戸家老の小松や先島の命を狙ったのである。

「先島さま、藩邸から出るときは、われらに知らせてください」

浅野がけわしい顔をして言った。

つづいて口をひらく者がなく、座が重苦しい沈黙につつまれたとき、

「だが、関山、守島、鬼猿の三人に指図《さしず》している者が、江戸にいるはずだな。……関山たち三人は江戸に不慣れだ。しかも、徒牢人を集めるには、金がいるだろう」

と、先島が集まった男たちに視線をまわしながら言った。

「いかさま」

雲十郎も、先島の言うとおりだと思った。

関山や鬼猿たちを動かしている黒幕が、江戸にもいるはずだ。それも、軽格の者ではない。相応の身分のある者だろう。とすれば、この藩邸内にいることになる。

「浅野どの、書役の紺野はどうです」

雲十郎が訊いた。三十間堀で雲十郎たちが襲われた後、浅野たちが紺野を探っていたのである。ただ、書役は重職ではなかった。黒幕ということはないだろう。

「しばらく、紺野を尾行したが、不審な動きはなかった。それで、やむなく三日前に

紺野を訊問《じんもん》したのだ」

　浅野によると、紺野は鬼猿たちのことは、まったく知らないと言い張り、大松屋に出かけたことは、祐筆の榊原《さかきばら》に命じられて書状を代筆するおり、念のために大松屋に確かめにいったと話したという。

「大松屋の繁右衛門の話と一致します」

　雲十郎が言った。

「そうなのだ」

「榊原は、留守居役の内藤《ないとう》さまの配下のはずですが」

　榊原秋之助《あきのすけ》は長く江戸にいる祐筆で、留守居役の内藤伝兵衛《でんべえ》の下で仕事をすることが多かった。これまで、内藤は広瀬にも粟島にも与《くみ》せず、中立的な立場をとっているとみられていた。

「内藤さまもそうだが、榊原もあまり目立たない男だな」

　浅野によると、榊原は祐筆同士でもほとんど話をせず、ひとりで仕事をしていることが多いという。

「うむ……」

　雲十郎は、榊原が黒幕とは思えなかった。

関山や鬼猿たちを動かしている黒幕は、何者であろうか――。雲十郎には、それらしい人物が思い浮かばなかった。

4

浅草、材木町。大川《おおかわ》沿いの通りに、樽吉《たるよし》という一膳《いちぜん》めし屋があった。盛っている店らしく、通りからも男たちの濁声《だみごえ》や哄笑《こうしょう》などが賑やかに聞こえてきた。

百蔵は手ぬぐいで頰っかむりし、半纏に股引姿で、樽吉の暖簾をくぐった。百蔵は、須賀平助《すがへいすけ》と伊上又之助《いがみまたのすけ》という界隈では名の知れた徒牢人が、樽吉に頻繁に顔を出すと聞いて来てみたのである。

百蔵は浅草寺界隈の遊び人や地まわりなどに当たって、近ごろ大金をつかんだ徒牢人を知らないか訊いてまわった。その聞き込みから、須賀と伊上が浮かんだのである。

樽吉は混んでいた。土間に並べられた飯台を前に、腰掛け替わりの空樽《あきだる》に男たちが腰を下ろして、酒を飲んだり飯を食ったりしていた。客の多くが町人だったが、牢人らしい男も何人かいた。

百蔵は、隅の飯台があいているのを目にすると、そこに行って腰を下ろした。店の小女《こおんな》が注文を訊きにきたので、酒と肴《さかな》を頼んだ。肴は冷奴《ひややっこ》と漬物である。

酒と肴がとどくと、百蔵は脇の飯台にいた船頭らしい男に、

「一杯《いっぺえ》、やってくだせえ。……あっしは、百助《ももすけ》といいやしてね。この店は、初めてなんでさァ」

そう話しかけ、銚子《ちょうし》をむけた。百助は、咄嗟に浮かんだ偽名だった。もっとも、百蔵も偽名である。梟組の者は、本名を口にすることは滅多《めった》にないのだ。

「おっ、すまねえ。ごちになるぜ」

男は、赤い顔をほころばせて猪口《ちょこ》で酒を受けた。

「あっしは、この店は初めてだが、ちょいと気になることがありやしてね」

百蔵が、急に声をひそめた。

「なんでえ、気になることってえのは」

男が、百蔵に顔を近付けて訊いた。

「この店に、須賀ってえ質《たち》の悪い牢人が、来るって聞きやしてね。……あっしは、ちょいと前《めえ》に、そいつに痛い目に遭《あ》わされたことがあるんでさァ」

百蔵がもっともらしく言った。

「須賀なら来るぜ。今はいねえが……」

男は店のなかを見まわし、声をひそめて言った。

「伊上ってえやつは、どうです」

「い、伊上はいるぜ。……店の親爺《おやじ》が包丁を使ってるだろう。その脇の飯台で飲んでるのが、伊上だ」

「いるのか」

百蔵は、店の隅にある流し場で包丁を使っている親爺の方に目をやった。親爺の脇の飯台にひとり、腰を下ろして酒を飲んでいる牢人がいた。

総髪《そうはつ》の痩せた男である。険のある目付きで、頬に刀傷があった。悪党らしい面構《つらがま》えである。

「おとなしく飲んで帰《けえ》ろう」

百蔵は首をすくめてそう言うと、自分の飯台にもどってチビチビやりだした。

それから半刻（一時間）ほどしたろうか、隣の飯台にいた船頭らしき男が、

「おれは、先に帰《けえ》るぜ」

と言い残し、ふらふらしながら店から出ていった。だいぶ、酔ったらしい。

その男と入れ替わるように、がっちりした体軀の牢人がひとり店に入ってきた。色

の浅黒い丸顔の男である。小袖に袴姿で、大刀を一本落とし差しにしていた。

牢人は伊上の飯台に近付くと、何やら声をかけてから伊上の向かいに腰を下ろした。

……やつが、須賀かもしれねえ。

百蔵はふたりの話を聞きたかったが、すこし遠かったので声を聞くことはできなかった。

百蔵は酒をチビチビやりながら、ふたりが腰を上げるのを待つことにした。跡を尾けて塒をつかんでやろうと思ったのである。

ふたりの牢人が腰を上げたのは、丸顔の男が店に入ってきてから一刻(二時間)ちかくも経ってからだった。

百蔵はふたりが店から出ると、すぐに立ち上がり、親爺に勘定をしてから外に飛び出した。

ふたりの牢人は、大川端を川下に向かって歩いていた。頭上の月が、ふたりの後ろ姿を照らし出している。

百蔵はふたりの跡を尾け始めた。大川の流れの音が、低い地鳴りのように聞こえた。闇のなかに黒ずんだ大川の川面が横たわり、無数の波の起伏が月光を映じて淡い青磁色にひかっている。日中は多くの船が行き来しているが、いまは船影もなく荒《こう》涼《りょう》とした感じがした。

ふたりは駒形町《こまがた》に入り、駒形堂の脇を通ってさらに下流にむかった。駒形堂近くには、まだ人影があった。酔客や浅草寺界隈の岡場所で遊んだ男たちであろう。

百蔵は、伊上たちふたりに近付いた。大川沿いの通りは人影があったので、近付いても不審に思われないだろう。

百蔵は、ふたりの話が聞こえるところまで近付くと、酔っ払いのようにすこしふらつきながら歩いた。伊上たちが振り返っても、不審を抱かれないためである。

「どうだ、明日は料理屋にでも行くか」

伊上が訊いた。

「いいな、いまは懐が暖かいんだ。うまい酒を飲んで、女でも抱かんとな」

もうひとりの牢人が、濁声で言った。

「須賀、聞いているか。……関口が長屋で斬り殺されたそうだぞ」

伊上が、声をひそめて言った。

やはり、もうひとりの牢人は、須賀である。

「そうらしいな。畠沢藩の者たちも、おれたちのことを探っているのではないのか」

「まちがいない。関山どのの話では、今度は藩の大物を狙うらしいが……。須賀、どうする。討っ手にくわわるつもりか」

伊上が訊いた。

「おれは、やる。金は貰ってしまったからな。それに、関山どのは、計画通りことが運べば、おれたちも仕官できると言っていたではないか。……こんないい話は、いまどきないぞ。多少、危ない橋を渡っても、おれはやる」

須賀が勢い込んで言った。

「そうだな」

ふたりは、そんな話をしながら駒形町を過ぎて諏訪《すわ》町に入った。

諏訪町を一町ほど歩いたとき、須賀が、

「明日は橘《たちばな》屋《や》で一杯やろう」

と、伊上に声をかけてから右手の路地に折れた。橘屋というのは、須賀たちが贔屓《ひいき》にしている料理屋であろう。

伊上はひとり、大川端の道を川下にむかって歩いていく。

百蔵はどちらを尾けようか迷ったが、右手の路地に入った。伊上は、また樽吉に顔を出す、と百蔵はみたのである。

それから、百蔵はいっとき須賀の跡を尾け、塒らしい家をつきとめた。大川端から、それほど遠くない路地沿いの仕舞屋だった。小体な妾宅《しょうたく》ふうの家である。

翌朝、百蔵はふたたび諏訪町へ足を運び、仕舞屋の近くで聞き込んだ。その結果、仕舞屋は借家で、須賀が妾《めかけ》らしい女とふたりで住んでいることが分かった。

5

その日、雲十郎は馬場とふたりで、愛宕下の上屋敷にむかった。

昨夜、百蔵が山元町の借家にあらわれ、関山たちの仲間らしい伊上と須賀のことを話した。そのとき、百蔵が、次は藩の大物を狙うらしい、と伊上たちが話していたことを雲十郎たちに伝えたのだ。

この話を聞いた雲十郎は、すぐにも浅野と大杉の耳に入れておかねばならないと思い、馬場とふたりで藩邸に行くことにしたのである。

藩邸で浅野と会い、百蔵から聞いたことを伝えると、

「すぐに、先島さまにお知らせしよう」

と言って、大杉にも話し、四人で先島の小屋を訪ねた。

おりよく、先島は小屋にいて、すぐに雲十郎たち四人をいつもの奥の座敷に入れた。

雲十郎は座敷に膝を折ると、浅野に話したことをもう一度繰り返した。

話を聞き終えた先島は、

「大物とは、御家老のことであろうな」

と、険しい顔をして言った。

「それに、先島さまではないかとみております」

浅野が言い添えた。

「わしのことはともかく……。御家老にお話ししても、外出を控《ひか》えるようなことはなさるまいな。藩邸にこもっていては、御家老としての仕事もできまい。それに、関山たち三人を恐れて藩邸からも出ないなどと言われては、御家老の顔も立つまいからな」

先島は、そう言ったが、自分の気持ちでもあるようだった。

「警護の者を増やすか」

大杉が言った。

「それもいいが、いつ襲ってくるか分からんからな」

先島が視線を膝先に落として考え込んだ。

次に口をひらく者がなく、座敷は重苦しい沈黙につつまれていたが、先島が何か思い付いたように顔を上げ、

「わしが、囮になろう」

そう言って、男たちに視線をまわした。

「囮に……！」

浅野が驚いたような顔をして先島を見た。

「そうだ。わしが、少人数の警護の者を連れて、遠出をするのだ。そうすれば、関山たちが、わしを襲うだろう。それに備《そな》えて討っ手をひそめておき、関山たちがあらわれたら逆に襲って、仕留めればいい」

先島が、身を乗り出すようにして言った。

……いい手だ！

と、雲十郎は思った。関山たちをおびき出して、一気に討ち取るのである。

「上策ですが、万一ということもございます」

浅野の顔には、不安そうな色があった。

「そこまで恐れていたら、わしは、関山たちが江戸にいる間中、藩邸から外へ出るこ

ともできなくなるぞ」

「分かりました。やりましょう」

浅野が顔をひきしめて言った。

「討っ手に、徒士組からも出そう」

大杉が、雲十郎と馬場に目をやって言った。当然、雲十郎たちも討っ手にくわわることになるだろう。

「それで、どこへ行きます」

浅野が先島に訊いた。

「どうだな、大松屋は。これまで、大松屋からの帰りに襲われていることが多いようだ。わしの場合も、襲ってくるとみていいだろう」

先島は、行徳河岸から愛宕下までの道筋で、襲撃されやすい場所を通ってもよいと言い添えた。

「それで、いつにします」

浅野が訊いた。

「五日ほど経ってからだな。家中の者に、わしが大松屋に出向くことをそれとなく知らせるといい。かならず、動く者がいる。目星をつけておいてな、そやつの跡を尾けろ。うまくいけば、関山たちを討ち取るだけでなく、藩邸内で指図している者もつかめるかもしれん」

先島が、めずらしく昂った声で言った。

「承知しました。それまでに、手筈《てはず》をととのえておきます」

浅野が言い、雲十郎や馬場もうなずいた。

先島の小屋を出た雲十郎と馬場は、浅野とこまかい手筈を相談してから藩邸を出た。

雲十郎たちの住まいのある山元町への道を歩きながら、

「うまく行くかな」

と、馬場が不安そうな顔をして言った。

「懸念はある」

「なんだ？」

「関山たちが、飛び道具を遣わないかということだ」

雲十郎は、弓や鉄砲などで物陰から狙われたら、警護の者を増やしても防ぎようがないと思った。

「まずいな。……関山たちなら飛び道具も遣ってくるぞ」

馬場が言った。

「こちらも、手を考えよう」

雲十郎は、さらに浅野と相談する必要があると思った。

「敵の人数は、分かっているのか」

馬場が訊いた。

「はっきりしたことは、分からんな」

鬼猿、守島、関山の三人にくわえ、金で仲間に引き入れた牢人が、四、五人いるらしいことは分かっていた。だが、先島を狙うとすれば、さらに増やすのではあるまいか。

「百蔵どのたちに、探ってもらおう」

雲十郎は、百蔵とゆいなら、すでに尻尾《しっぽ》をつかんでいる伊上と須賀の筋から、ある程度敵の動きもつかめるのではないかとみた。

「それで、おれとおまえは、どうする」

馬場が訊いた。

「先島さまのそばにつくつもりだ」

雲十郎は、馬場とふたりで先島の両脇をかためようと思った。敵が飛び道具を遣ってくるようなら、それも防がねばならない。

6

九ツ（正午）を過ぎて間もなく、畠沢藩の表門があいて、駕籠の一行が表通りに出た。駕籠に乗っているのは、大目付の先島である。

先島は藩邸を出るおり、駕籠を使うことはあまりなかったが、行徳河岸まで道程があり、しかも警護のことも考慮《こうりよ》して駕籠にしたのである。

従者は、陸尺や中間《ちゆうげん》を除いて六人だった。従者のなかには、雲十郎、馬場、それに浅野の姿もあった。

ただ、警護の者はこれだけではなかった。腕のたつ徒士が八人、駕籠からすこし離れて、四人ずつ前後についていた。八人のなかに、大杉の姿もあった。八人は武士体の者ばかりではなかった。職人や行商人ふうに身を変えている者もいた。関山たちに気付かれないように身を変えたのである。

八人の指揮は、大杉がとることになっていた。大杉は駕籠の前方を歩き、斥候《せつこう》役も兼《か》ねている。

雲十郎と馬場は、駕籠の両側についていた。弓や鉄砲などの飛び道具にくわえ、槍の攻撃を防ぐためである。

駕籠の一行は、愛宕下から東海道に出て、北にむかった。そして、日本橋を渡ってすぐ、日本橋川沿いの道を川下にむかった。ここまで来れば、大松屋のある行徳河岸までわずかである。

「鬼塚、何事もなさそうだな」

馬場が、ほっとしたような顔をして言った。

「襲撃があるのは、帰りだ」

どこかで、関山たちは仕掛けてくる、と雲十郎はみていた。

それというのも、昨夜、百蔵とゆいが山元町の借家に姿を見せ、伊上と須賀が樽吉という一膳めし屋で飲みながら、明日、畠沢藩の重臣を襲撃することを話していた、と知らせたのである。百蔵は、伊上を尾行して樽吉まで行ったらしい。

「そのさい、牢人が五人くわわるようです」

百蔵が言い添えた。

「五人か」

雲十郎は、勝てる、と踏んだ。鬼猿、守島、関山の三人をくわえると八人だが、雲十郎たちは、駕籠の警護に十四、五人つけることにしてあった。しかも、関山たちが、姿を見せたら、前後から挟み撃ちにする策をたてている。

ただ、問題は飛び道具だった。鬼猿たちを討ち取っても、先島を仕留められたら負けである。

「伊上と須賀は、飛び道具のことを話していなかったか」

雲十郎が念を押すように訊いた。

「飛び道具のことは口にしていませんが、伊上がしきりに槍のことを話していました」

「槍か――」

はっきりしないが、関山たちは槍を手にして物陰から飛びだし、先島を仕留める策を立てているのかもしれない。

駕籠の一行が賑やかな通りを選んだこともあるのか、関山たちの攻撃の気配はまったくなかった。

無事に、大松屋についた先島は、浅野だけを連れてあるじの繁右衛門と番頭の登兵衛に会った。

警護の雲十郎や馬場たちは、帳場近くの別の座敷に案内された。そこで、先島と繁右衛門の話が終わるのを待つのである。その場に、大杉たち八人はいなかった。付近に身をひそめて、先島たちが店から出てくるのを待っているはずだ。

先島と浅野は、藩の専売である米や特産物の木炭、漆などの取引き状況や今年の相場などを話題にするつもりでいたが、当然大松屋からの帰りに斬殺された宇津と江島のことも話に出るだろう。

先島と浅野は奥の座敷に入ってから、一刻（二時間）ほどして繁右衛門と登兵衛に送られて出てきた。

繁右衛門と登兵衛の顔には、笑みが浮いていた。先島の来訪は前もって大松屋に知らせてあったので、繁右衛門も登兵衛もそつなく応対できたのだろう。

駕籠の一行は、繁右衛門や登兵衛たちに見送られて大松屋の店先から日本橋川沿いの道に出た。川上にむかって駕籠は、進んでいく。

七ツ半（午後五時）ごろであろうか。陽は西の家並の向こうに沈みかけている。日本橋川沿いの通りは、まだ人通りが多かった。仕事を終えた職人、船頭、ぼてふりなどに混じって、町娘や供連れの武士などの姿もあった。

雲十郎は駕籠の脇を歩きながら、通りの先に目をやった。一町ほど先に、門付が歩いていた。

……ゆいだ！

雲十郎は、その後ろ姿でゆいと分かった。おそらく、ゆいは斥候役をつとめるつもりなのだろう。関山たちの姿を目にすれば、何等《なんら》かの方法で雲十郎に知らせてくれるはずである。

駕籠の一行は、日本橋川にかかる江戸橋を渡って日本橋本材木町に入った。そこは、楓川沿いの通りである。

しばらく歩くと、前方に京橋川にかかる白魚橋が見えてきた。そのとき、石町の暮れ六ツ（午後六時）の鐘が鳴り始めた。

計画通りの進行である。雲十郎たちは陽が沈み、辺りが淡い夕闇につつまれるころ、京橋付近を通ることにしてあったのだ。

通り沿いのあちこちの店から、表戸をしめる音が聞こえだした。通行人もまばらになり、迫りくる夕闇に急かされるかのように足早に通り過ぎていく。

駕籠の一行は白魚橋のたもとを右にまがって竹河岸へはむかわず、そのまま橋を渡った。渡った先は水谷《みずたに》町で、三十間堀沿いの道につづいている。

駕籠の一行は、堀沿いの道を南にむかった。この道の先に、雲十郎たちが襲われた場所がある。

……仕掛けてくるとすれば、この通りだ。

雲十郎は、周囲に目をくばりながら歩いた。

堀沿いの道は人影がまばらになり、表店も店仕舞いしていた。すこし風があり、堀の汀《みぎわ》に打ち寄せるさざ波の音が絶え間なく聞こえてくる。

馬場や駕籠の前後にいる警護の者にも、緊張の色があった。

雲十郎は通りの先に目をやった。門付姿のゆいが、歩いている。ゆいも、それとなく周囲に目を配りながら歩いているようだ。

前方に新シ橋が迫ってきた。雲十郎たちが襲われたのは、この辺りである。雲十郎は通りの先や周囲に注意して歩いたが、それらしい気配はなかった。

駕籠の一行は何事もなく、新シ橋のたもとを過ぎた。

……今日の襲撃はないのか。

雲十郎は、胸の内でつぶやいた。

前方に、木挽橋《こびき》が近付いてきた。辺りの夕闇は増し、人影はさらにすくなくなっている。

前を歩いているゆいが、木挽橋のたもと近くに差し掛かったとき、ふいに後ろを向いて、手にした三味線を横にして両手で持った。

……槍だ！

と、雲十郎は察知した。ゆいは、三味線で槍を突く真似をしたのだ。槍を持った敵が、橋のたもと近くにひそんでいるらしい。

ゆいは、そのまま橋のたもとを通り過ぎていく。

7

「馬場、橋の近くにひそんでいるぞ」

雲十郎が、馬場に声をかけた。

「関山たちか！」

馬場が目を剝いて訊いた。

「そうみていい」

人数は分からないが、関山たちであろう。

「飛び道具は」

馬場が、橋のたもと周辺に目をやりながら訊いた。

「武器《えもの》は槍らしい。駕籠を突いてくるぞ」

「槍か！」

馬場が顔をけわしくして言った。

そばにいた警護の武士の顔にも緊張がはしった。雲十郎と馬場のやり取りが聞こえたのである。

駕籠はとまらなかった。すこし、歩調が遅くなったが、駕籠かきたちも、そのまま歩いていく。

……いる！

岸際の桜の樹陰に人影があった。何人かは分からないが、複数いるようである。通りの右手の店の脇の暗がりにもいる。わずかに頭や肩先が見えた。おそらく、埋伏者《まいふくしゃ》に気を配って見なければ、気付かないだろう。

馬場や警護の武士たちもひそんでいる者たちに気付いたらしく、けわしい顔で前方の左右に目をやっている。

駕籠かきたちの顔が、恐怖でこわばっていた。体が顫えているが、駕籠を置いて逃げ出すようなことはなかった。

駕籠は揺れながら、木挽橋に近付いてきた。

……槍を持っている！

雲十郎は、樹陰にいるひとりが槍を手にしているのを目にした。反対側の店の脇に身をひそめている者のなかにも、槍を持っている者がいた。

「馬場、桜の木の陰だ」

雲十郎は堀側にいる馬場に知らせた。

「槍だな！」

馬場も、槍を手にしている者に気付いたようだ。

駕籠は木挽橋のたもとまで来た。雲十郎は、左手で刀の鯉口を切り、右手で柄を握った。居合の抜刀体勢をとったのである。馬場や警護の武士も鯉口を切り、柄を握っている。

突如、道の両側からいくつもの人影が飛び出してきた。

槍を持ったふたりが、左右から突進してくる。

「敵襲！」

雲十郎は声を上げざま、駕籠を後ろにして立ち、居合腰に沈めた。

頭巾で顔を隠した大柄な武士が、槍を駕籠にむけてつっ込んできた。そのまま、槍で駕籠を突き刺すつもりらしい。

駕籠がとまった。駕籠かきは悲鳴を上げながら、地面を這《は》うようにして駕籠から逃れた。警護の武士たちが、すばやく駕籠のまわりを取りかこむ。

イヤアッ！

甲走った気合を発し、大柄な武士が駕籠に迫ってきた。穂先が駕籠にむけられている。

雲十郎は駕籠の脇に立ち、槍を前に立ちふさがった。

大柄な武士が槍を突こうとした刹那、雲十郎の体が躍動した。

シャッ、という刀身の鞘走る音がし、雲十郎の腰元から閃光が逆袈裟にはしった。

次の瞬間、槍の塩首《しおくび》（槍の穂の刃と中茎《なかご》との間）から先が虚空に飛んだ。

居合の一瞬の迅技《はやわざ》だった。雲十郎が抜きつけの一刀で、槍の塩首の辺りを截断《せつだん》したのである。

一瞬、大柄な武士は驚愕《きょうがく》に目をむいて、つっ立った。雲十郎の居合の迅技に驚いたらしい。

だが、武士はすぐに槍を捨てて刀の柄を握った。

「遅い！」

雲十郎が刀身を横一文字に払った。

切っ先が武士の首筋をとらえ、にぶい骨音がし、武士の首が横にかしいだ。次の瞬間、武士の首根から音をたてて血が驟雨《しゅうう》のように飛び散った。首の血管《ちくだ》から血が噴いたのだ。

武士は血を撒き散らしながら、腰からくずれるように転倒した。悲鳴も呻きも聞こえなかった。武士は地面に俯《うつぶ》せに倒れ、四肢《しし》を痙攣《けいれん》させていたが、体は動かなかった。絶命したようである。

「おのれ!」

小柄でずんぐりした体軀の男が、雲十郎の前に走り寄った。

「鬼猿か」

雲十郎が声を上げた。頭巾をかぶっていたが、その体軀から鬼猿と分かった。

「今日こそ、始末をつけてやる」

鬼猿は、腰の二刀を抜きはなった。

二尺ほどの大刀と一尺五、六寸の小刀である。身幅のひろい剛刀が、夕闇のなかでにぶくひかった。

雲十郎にむけられた大小の切っ先には、一寸ほどの間があった。そのまま喉元に迫ってくる。

このとき、馬場が鋭い気合を二度発した。樹陰から槍を手にしてつっ込んできた武士の槍の柄を截断し、さらに武士が刀を抜いて斬り込もうとした隙をとらえ、袈裟に斬り込んだのだ。

武士は絶叫を上げてよろめき、岸から足を踏み外して堀へ落ちた。

馬場は駕籠に迫ってきた他の襲撃者に、

「かかってこい！」

と、巨獣の咆哮《ほうこう》のような声で叫んだ。

顔が怒張したように赭黒く染まり、双眸がギラギラとひかっていた。まさに、仁王《におう》のような顔付きである。

その風貌《ふうぼう》と迫力に恐れをなしたのか、襲撃者ふたりが馬場に切っ先をむけたが斬り込んでこなかった。

駕籠の周囲のあちこちで気合や悲鳴が聞こえ、剣戟《けんげき》の音がひびいた。襲撃者と警護の者たちとの闘いが始まったのだ。

そのとき、通りの先と後方から、「討ち取れ！」「ひとりも逃すな！」などと叫びながら大杉たちが駆け寄ってきた。いずれも、抜刀していた。男たちの手にした銀色《しろがねいろ》の刀身が、夕闇を切り裂きながら迫ってくる。

これを見た襲撃者のひとりが、

「引け！　罠だ」

と、叫んだ。中背の武士だった。頭巾で顔は見えなかったが、関山ではあるまいか。

その声で、襲撃者たちがばらばらと逃げだした。

逃げられない者もいた。ひとりは、深手を負ったらしく、その場にへたり込んでしまい、もうひとりは泳ぐような格好で逃げたが、爪先《つまさき》を何かにひっかけて転び、そのまま起き上がれなかった。

逃げたのは、四人だった。鬼猿もそのひとりである。四人とも、大杉たちと鉢合《はちあ》わせしないように木挽橋を渡って対岸に逃れた。

闘いは終わった。雲十郎たちは、駕籠を襲った八人のうち、ふたりを斬殺し、ふたりに手傷を負わせた。死んだふたりは、雲十郎に斬られた男と馬場に斬られて川に落ちた男である。雲十郎たちには分からなかったが、落命したふたりは伊上と須賀であった。

鬼猿、守島、関山の三人と牢人ひとりが、その場から逃げた。牢人の名は分からないが、中背で小太りだった。また、深手を負わせたふたりは、畠沢藩とはかかわりのない牢人だった。

一方、味方は、浅手を負った者がふたりだけだった。駕籠にいた先島はむろんのこと、陸尺と中間も無傷だった。

駕籠から出た先島は、大杉や浅野から状況を聞き、

「よしとせねばなるまい」

と言って、雲十郎や警護の者たちに労《ねぎら》いの言葉をかけた。

深手を負った敵のふたりは、浅野や大杉たちが配下の者に命じて、藩邸まで連れていった。鬼猿たち三人のことを聞こうとしたのである。

だが、藩邸に行く途中でひとりは死に、もうひとりも藩邸に着いた翌朝には、息を引き取り、鬼猿たちのことを聞くことはできなかった。

第四章　一寸の間

1

雲十郎は、山田道場の片隅にいた。立ててある二枚の畳の脇に立っている。いつもの試刀術の稽古のときより、二枚の畳の間をすこしひろくとってあった。ひろいといっても、一寸ほどである。

雲十郎は刀を差していた。居合で抜刀し、そのまま畳の隙間に斬り込もうとしていたのだ。雲十郎はふだんの稽古のときより、一歩遠くに立っていた。一歩踏み込まなければ、畳の間に斬り込めない間合である。

雲十郎は鬼猿との立ち合いから、横霞では鬼猿は斬れないと分かった。そして、二刀を遣う敵に対し、横に払うより、縦に斬り込む方が利があるとみた。

雲十郎は刀の鯉口を切ると、右手を刀の柄に添え、居合腰に沈めた。そして、気を静め、脳裏に鬼猿の遣う二刀の切っ先を浮かべた。喉元にむけられた大小の剣尖の間が、一寸ほどあいている。

……この剣尖の間に縦に斬り込めば、鬼猿を仕留められる。

と、雲十郎はみたのだ。

両手の大小の切っ先を敵の喉元にむける構えには、正面に隙ができる。その隙が、大小の剣尖の一寸の間である。

雲十郎は気を静め、抜刀の気配をうかがった。

鬼猿が、大小を雲十郎の喉元にむけたまま一歩踏み込んできた。刹那、雲十郎の全身に抜刀の気がはしった。

タアッ！

鋭い気合を発し、一歩踏み込みざま抜きつけた。

閃光が頭上にはしった次の瞬間、真っ向へ斬り下ろされた。神速の太刀捌きである。見る者の目には、一瞬、二筋の閃光が映じただけであろう。稲妻《いなずま》のような一閃だった。

ザッ、というかすかな音がし、刀身が畳の間に斬り下ろされた。

だが、わずかに藁屑が飛んだ。切っ先がかすかに畳の隅を斬り取ったのだ。

……まだだ！

と、雲十郎は胸の内でつぶやき、刀を鞘に納めると、ふたたび畳の脇に立った。

雲十郎は腰を沈めて抜刀体勢を取ると、鬼猿の構えた大小の剣尖の一寸の間を脳裏に思い浮かべた。

鬼猿が踏み込んだ一瞬をとらえ、雲十郎は鋭い気合とともに抜きつけ、畳の間に斬り込んだ。

畳を斬るかすかな音がして藁屑が飛んだが、さきほどよりすくなかった。

……いま、一手。

もう一度、雲十郎は脳裏に鬼猿の手にした大小の剣尖を浮かべ、居合の抜刀体勢から畳の間に抜きつけの一刀をはなった。

畳を斬る音がし、わずかに藁屑が飛ぶ。

繰り返し繰り返し、雲十郎は脳裏に描く鬼猿の構えた大小の剣尖の間に斬り込んだ。半刻（一時間）ほどすると、雲十郎の額に汗が浮き、息が乱れてきた。

雲十郎は刀の柄から手を離し、一息ついた。息の乱れが収まるのを待って、つづけようと思ったのである。

そのとき背後にひとの近付く気配がし、

「居合で、何を斬ろうとしている」

と、道場主の浅右衛門の声がした。

振り返ると、浅右衛門が立っていた。さきほどまで、浅右衛門は道場にいなかったのだが、雲十郎が居合で稽古をしている間に来たらしい。

「二刀を手にした敵の構えのわずかな隙間に、斬り込むつもりでいます」

そう答えて、雲十郎は納刀した。

山田道場の稽古は門弟にまかせており、他の剣術の稽古をしていてもそれが他の門弟の邪魔になるような稽古法でなければ認めていた。浅右衛門は、試刀術も剣術のひとつで通じ合うとみていたのである。

「構えの隙間にな」

「はい」

「わしには、斬り合いのことは分からぬ。ただ、試刀も首を打つおりもそうだが、そこに斬り込もうと強く思えば思うほど、為損《しそん》じるものだ。……ただ、心を静かにして、そこに蜘蛛の垂れるのを思うて、斬り下ろすとよい」

浅右衛門が、おだやかな声で言った。

「軒の蜘蛛でございますね」

「そうじゃ」

「やってみます」

雲十郎は、ふたたび立ててある二枚の畳の脇に立った。そして、抜きつけの間合より一歩遠くに立つと、右手を柄に添えて居合腰に沈めた。

雲十郎は脳裏に、鬼猿の構えた二刀の剣尖の一寸の間を思い描いた。そして、心を静め、剣尖の間に、スー、と軒先から垂れさがっていく蜘蛛を浮かべた。

刹那、雲十郎は、タアッ、という鋭い気合を発し、一歩踏み込みざま抜きつけた。

閃光が弧を描いた次の瞬間、雲十郎の一撃が真っ向へ斬り下ろされた。瞬間、雲十郎の脳裏に、頭を斬り割られた鬼猿の顔がよぎった。

刀身は二枚の畳の間に斬り下ろされ、膝ほどの高さでとまっている。

藁屑はまったく落ちなかった。

「斬れた！」

思わず、雲十郎が声を上げた。

「見事じゃ」

浅右衛門が、目を細めて言った。

「斬れました。切っ先の向こうにいる敵が！」

雲十郎は、二刀の剣尖の隙間の先にいる鬼猿を斬ったのである。

「試刀と居合には、通じるものがあるようだな」

浅右衛門は、つづけるがよい、と言い置いて、その場を離れた。

すぐに、雲十郎は二枚の畳の脇に立ち、ふたたび軒先から垂れ下がっていく蜘蛛を思い浮かべ、稲妻のごとく迅く鋭く畳の間に斬り込んだ。

刀身は、畳の間に斬り込み、膝ほどの高さでとまった。まったく、藁屑は落ちなかった。

雲十郎が、さらに畳の間に斬り込む稽古をつづけて半刻（一時間）ほどしたときだった。

山田道場の高弟の竹倉左兵衛《たけくらさへえ》が、雲十郎のそばに来て、

「鬼塚、馬場どのがみえているぞ」

と、知らせた。竹倉は、馬場のことを知っていた。馬場が道場に来たとき、顔を合わせていたのである。

雲十郎は、稽古着姿のまま道場の戸口に出た。

戸口に立っていたのは、馬場だけではなかった。すこし離れた路傍に、浅野の姿もあった。ふたりは、羽織袴姿で二刀を帯びていた。

「何かあったのか」

すぐに、雲十郎が訊いた。

「いや、浅野どのが、鬼塚に話があるらしい。道場を出られるか」

馬場が訊いた。

「分かった。すぐ、着替えてくる」

雲十郎は、浅野にうなずいてみせてから道場にもどった。

2

「馬場から、鬼塚は山田道場にいると聞いたのでな。来てみたのだ」

歩きながら、浅野が言った。

浅野は、山元町の借家に来たらしい。家にいた馬場に、雲十郎は道場に行ったと聞いて、ふたりで道場まで足を延ばしたようだ。山元町と道場のある平川町は、隣接しているので近いのである。

雲十郎たち三人は、山元町の借家にむかった。

「それで、話というのは何だ」

雲十郎は、浅野が此度《こたび》の事件のことで知らせることがあって来たのだろうと思った。雲十郎たちは罠をしかけ、襲撃した関山たちを返り討ちにして牢人四人を討ち取ったが、肝心《かんじん》の関山、守島、鬼猿の三人は逃がしてしまった。

その後、浅野たちが、これまで大松屋と連絡をとっていたらしい書役の紺野の身辺をあらためて探っていたのだ。

「紺野だがな。先島さまが大松屋に行かれる前の四日間、一度も藩邸を出なかったらしいのだ」

浅野によると、藩邸内の同じ長屋に住む藩士や門番などから話を聞いて紺野の動向が分かったという。

「だが、だれか、関山たちに話した者がいるはずだぞ」

雲十郎が言った。

百蔵から聞いた話では、襲撃にくわわったふたりの牢人が、一膳めし屋で襲撃のことを話していたという。関山たちは先島が大松屋へ出向くことを知っていて、牢人たちに話したにちがいない。

「紺野と同じ書役の柳村作次郎《やなぎむらさくじろう》という男を知っているか」

浅野が、声をあらためて訊いた。

「名前は聞いたことがある」

雲十郎は会ったこともないし、顔も知らなかった。

「柳村も、祐筆の榊原の配下なのだ」

雲十郎たちは、紺野に指図していたのは榊原だとみていた。

「それで」

雲十郎は、話の先をうながした。

「実は、柳村が関山たちが襲撃する三日前、大松屋に出かけたらしいのだ」

浅野によると、目付たちが変装して大松屋の奉公人や出入りする船頭などに当たり柳村のことを聞き込んだという。

「すると、柳村が関山たちと通じていたのか」

雲十郎が言った。

「そうみていい」

「柳村の裏には、榊原がいるようだな」

「宇津と江島が襲われたときもそうだが、榊原が裏で糸を引いているようだ」

浅野が顔をけわしくして言った。

「榊原を捕らえて、口を割らせるか」

馬場が口を挟んだ。

「その前に、柳村を訊問したい。……柳村の口を割ってから、榊原を問い詰めれば、言い逃れできまい」

「それがいい」

　雲十郎も、柳村が先だと思った。

「それでな。また、ふたりの借家を使いたいのだ。藩邸内では、すぐに藩士たちに知れ渡り、榊原の耳にも入るからな」

　浅野が、雲十郎と馬場に顔をむけて言った。どうやら、その話もあって、浅野は借家に来たらしい。

　雲十郎たちの借家を使って、捕らえた者を訊問することはこれまでもあった。藩邸内には家中の者の目があって、事情を訊く程度のことはできるが、隔離《かくり》して拷訊《ごうじん》するのはむずかしい。

「馬場、どうだ」

　雲十郎は、馬場に訊いた。ふたりで住んでいる家である。雲十郎の勝手には、できないのだ。

「おれは、かまわんぞ」

　馬場が言った。

「おれもいい」

「それはありがたい」

「浅野どの、柳村を連れてくるのは、いつになる」

馬場が訊いた。

「明日、暗くなってからだな」

浅野は家中の者に知れないよう、暗くなってから柳村を押さえたいと言った。

翌日の五ツ（午後八時）ごろになって、山元町に四人の男が姿を見せた。浅野、富川、国許から来ていた小宮山、それに柳村である。

柳村は縄をかけられていなかったが、浅野と富川が両脇に連れ添い、小宮山が背後についていた。借家に入るまでは逃げられないように、小宮山が柳村の背後から刃物をむけていたのかもしれない。

柳村の顔は恐怖と興奮とでこわばり、体が顫えていた。柳村は三十代半ば、面長《おもなが》で青白い肌をしていた。その顔が蒼ざめている。

柳村は借家の庭に面した座敷に座らされた。雲十郎と馬場もくわわり、五人の男で柳村のまわりを取りかこんだ。座敷の隅に置かれた行灯の灯《ひ》が、雲十郎たちの顔を薄闇のなかに浮かび上がらせている。

「柳村、藩邸では訊けないこともあってな。ここに、来てもらったのだ」

浅野が抑揚《よくよう》のない静かな声で言った。浅野の顔は行灯に横から照らされ、赤く爛《ただ》れたように染まっていた。双眸が、熾火《おきび》のようにひかっている。声は静かだが、顔には目付組頭らしい凄みがある。

「こ、こんな、真似をしていいのか。……いくら目付でも、藩の許しもなく罪人のように取り調べることは、できないはずだぞ」

　柳村が声を震わせて言った。

「おぬしは罪人だ。……家中の者を三人殺し、しかも大目付の先島さままで襲った一味のひとりだからな」

　そう言って、浅野が柳村を見すえた。

「な、何のことか、おれには分からん」

　柳村が声をつまらせて言った。

「宇津と江島、さらに戸山を殺し、先島さまを襲った者たちは知れている」

「……！」

　柳村の顔がゆがんだ。

「国許から江戸に出て、市中に潜伏《せんぷく》している関山、守島、鬼猿の三人だ」

　浅野が関山たち三人の名を口にした。

「し、知らぬ！　そのような者は、知らぬ」

柳村が、首を横に振りながら声を上げた。

「先島さまが襲われる前、おぬしが大松屋に行ったことは分かっている」

「……………」

柳村が浅野に目をむけた。顔に不安そうな色がよぎった。

「大松屋の者に、先島さまが来ることを知らせたな」

浅野の語気が強くなった。

「そ、それは……。茶を飲みながらの雑談のなかで、話したかもしれないが、別に隠すことではないはずだ」

「先島さまが、大松屋に行くことはな。だが、駕籠で行くことや警護のことまで、話すことはあるまい」

駕籠で行くことは、藩士たちも知っていた。浅野たちは陸尺の手配もあったし、屋敷を出ればすぐに知れることなので隠すことはないと思っていたのだ。

浅野は、柳村が駕籠や警護のことまで大松屋で話したかどうか知らなかったが、繁右衛門との話のなかで警護のことも出たとみて、口にしたのである。

「そ、それは……。店の者に訊かれたからだ」

柳村が、声をつまらせて言った。やはり、話したようである。

「関山たちは槍を手にし、駕籠の両側から襲ってきた。……前もって、駕籠で通りかかることを知っていたからできたのだ。おぬしが話したことが、一味に伝えられたわけだな」

「……！」

柳村の顔から血の気が引き、体の顫えが激しくなってきた。

「柳村、関山たちとも会っていたのではないか」

浅野が柳村を見すえて訊いた。

「……会ったことなどない」

柳村は小声で言うと、膝先に視線を落としてしまった。

それから、浅野が何を訊いても、柳村は口をひらかなかった。身を硬くし、貝のように口をとじている。

3

「ここから先は、鬼塚と馬場に頼むか」

浅野はそう言って、引き下がった。

「承知」

雲十郎が浅野に代わって柳村の前に出ると、すぐに馬場が雲十郎の脇についた。

浅野が柳村を雲十郎たちの借家に連れてきたのは、藩士たちの目から逃れるためもあったが、もうひとつわけがあった。それは、雲十郎が畠沢藩の介錯人であることだった。いざとなったら、首を落とすと脅《おど》すことができたし、なりゆきによっては、この場で腹を切らせることもできたのである。

それで、浅野は何としても自白させたい者の吟味《ぎんみ》のおりに、雲十郎と馬場の手を借りることがあったのだ。

「柳村、おれを知っているか」

雲十郎が、静かな声で訊いた。

「お、鬼塚雲十郎……。徒士だ」

柳村が怯《おび》えたような目で雲十郎を見上げた。

「いまは、藩の介錯人だ。おれが、佐久間恭四郎《さくまきようしろう》の首を落としたのを知っているな」

以前、佐久間という藩士が切腹を命じられ、藩邸内で腹を切ることになった。そのとき、佐久間の介錯をしたのが、雲十郎だった。江戸勤番の藩士だったら、雲十郎が介錯人であることは、知っているはずである。

「し、知っている」

「ここに、おぬしを連れてきたのはなぜか、承知しているのか」

雲十郎が訊いた。

「……！」

柳村は無言のまま首を横に振った。恐怖で、顔がこわばっている。

「おぬしが、浅野どのに訊かれたことに答えなければ、藩邸に帰すことはできない。ここで、切腹してもらうことになるのだ」

雲十郎が当然のことのように言った。

「せ、切腹だと！」

柳村は目を剝き、息をとめた。

「馬場、古い浴衣があったな。畳を汚さぬように、敷いてくれ」

雲十郎が馬場に頼んだ。

「承知した」

すぐに、馬場は座敷から出た。そして、隣の座敷にある長持ちから古い浴衣を引っ張り出して持ってきた。

馬場は柳村を立たせると、畳の上に浴衣を敷いて、その上に座らせた。

「お、おれは、切腹などしないぞ」

柳村が声を震わせて言った。

「ならば、訊かれたことに答えることだな」

「うぬらに、答えることなどない」

柳村が目をつり上げて言った。

「では、切腹してもらうしかないな。……馬場、頼む」

「よし」

馬場は、すぐに柳村の両襟《りようえり》をつかんでひらき、腹を出した。そして、柳村の背後にまわって腰の小刀を抜くと、

「柳村、柄をつかめ!」

と言って、切っ先を腹にむけて柳村に柄を握らせようとした。

「よ、よせ!」

柳村は両腕を後ろにまわし、激しく身をよじった。

「馬場、下がってくれ。首を落としてから、刀を握らせればいい」

雲十郎が言うと、馬場はすばやく柳村のそばから離れた。

「柳村、覚悟!」

言いざま、雲十郎は刀を抜いて八相に構えた。雲十郎の身構えには、介錯人の気魄《きはく》と凄愴《せいそう》さがあった。

柳村は激しく身を顫わせ、前に膝行《いざ》って逃げようとした。

「動くな！」

雲十郎が鋭い声で言うと、柳村の動きがとまった。恐怖に目をつり上げ、身を顫わせている。

「柳村、なぜ意固地になる。……おぬしが、隠すことはないはずだぞ」

雲十郎がおだやかな声で言った。

「おぬしは祐筆の榊原の指示で、大松屋へ行って問われたことを話しただけではないのか。何も隠すほどのことはない。それに、書役なら、祐筆の指図に従わねばならないことはだれでも知っている。おぬしに、それほどの罪はないのだ」

これが、雲十郎と馬場の手だった。吟味する相手を土壇場《どたんば》に連れていき、どうにもならないところに追い詰めておいて、そっと救いの手を差し延べる。すると、たいがいの者は、その手をつかむのだ。

「………」

柳村の顔に、すがるような表情が浮いた。

「話すか」

脇にいた浅野が、あらためて訊いた。

「は、話す……」

柳村が肩を落とした。

「大松屋に行って、先島さまのことを話したな」

「話した」

柳村の顔はまだ蒼ざめていたが、体の顫えはとまっている。話す気になって恐怖が薄らいだようだ。

「だれの指図だ」

脇から、浅野が訊いた。

「榊原さまの指示で、先島さまが大松屋へ出向く日を話した」

「警護のことも話したな」

「駕籠で行き、供は十人ほどだと伝えた」

「大松屋が、そのことを関山たちに知らせたのだな」

浅野が念を押すように訊いた。

「そこまでは、分からない。……おれは、榊原さまの言われたことを話しただけだ」

柳村の答えに嘘はないようだった。

そこまで聞くと、浅野は口をつぐみ、いっとき黙考していたが、

「ところで、祐筆の榊原が関山たちと通じて、先島さまや御家老の命を狙っているのはどういうわけだ」

浅野は首をひねった。要職とはいえない祐筆の榊原が、大目付や江戸家老の命を狙うなど考えられないことだったのだろう。

雲十郎も同じ思いだった。何か裏があるはずである。

「榊原さまは、国許からの指示だとおっしゃっていた」

柳村が言った。

「国許の広瀬か！」

すると、浅野の背後で訊問のやり取りを聞いていた小宮山が、
と、声を大きくして訊いた。広瀬益左衛門は次席家老だったが、いまは隠居している。

「だれかは、聞いていない」

柳村が小声で言った。

「広瀬にまちがいない。榊原は広瀬の指示で、関山たち三人を匿《かくま》い、御家老や先島

さまのお命を奪おうとしているのだ」

浅野が言った。声に怒りのひびきがある。

雲十郎も、広瀬の指示だろうと思った。それに、関山たちは、牢人を味方に引き入れるために大金を使っているが、祐筆の榊原に用意できるはずはない。背後に広瀬の働きかけがあって、金は大松屋から出ているのではあるまいか——。

「ところで、柳村、関山たち三人は、どこに身をひそめているのだ」

浅野が声をあらためて訊いた。

「し、知らない。おれは、聞いていないのだ」

「まったく知らないのか」

「京橋界隈にいるとは、聞いたが……」

「京橋のどこだ」

浅野が、さらに訊いた。京橋界隈というだけでは、探しようがない。

「そう聞いただけだ」

浅野が小声で言った。

「うむ……」

浅野は口をつぐんだ。柳村に、それ以上訊いても無駄だと思ったようだ。

それから、小半刻（三十分）ほど、浅野が榊原とつながりのある藩士や大松屋とのかかわりなどを訊いた。

柳村によると、榊原は留守居役の内藤伝兵衛の指図で、書状を作成することが多いという。また、榊原本人が大松屋に出向くことはすくなく、大金を受け取った様子もないそうだ。柳村も、榊原から金を受け取ったことはないとのことである。

とすると、大松屋から金を受け取った者が、榊原の他に藩邸内にいるのかもしれない。浅野はそのことも訊いてみたが、柳村は知らないようだった。

「さて、この男をどうするか」

浅野が柳村に目をやって言った。

「藩邸に、帰してくれ。今日のことは、どんなことがあっても口外しないから」

柳村が訴《うった》えるように言った。

「帰してもいいが、それこそ首を落とされることになるぞ」

雲十郎が言った。

「ど、どういうことだ」

柳村が声をつまらせて訊いた。

「榊原は、おぬしがおれたちに捕らえられたことを知ったはずだ。榊原のそばには、ひとを斬るのが仕事のような連中が、三人もいる。……御家老や先島さまを狙う前に、口を割ったおぬしの命を狙ってくるだろうな」

雲十郎が、当然のことのように言った。

「……！」

柳村が、困惑に顔をゆがめた。

「命が惜しければ、しばらく身を隠しているしかないな」

浅野が、目付の住む町宿に匿ってやることを話した。浅野の胸の内には、柳村の口上書を取るつもりがあったのである。

4

百蔵は、日本橋川の岸際の叢《くさむら》に腰を下ろしていた。そこは桜の大樹の陰で、通りから百蔵の姿を見ることはできなかった。百蔵は身を隠して、通り沿いにある大松屋を見張っていたのである。

百蔵は菅笠をかぶり、着物を裾高《すそだか》に尻《しり》っ端《ぱ》折《しょ》りし、手甲脚半姿だった。脇に行李《こうり》をつつんだ風呂敷包みが置いてあった。旅の薬売りのように見える。

百蔵は煙管《キセル》で莨《たばこ》を吸いながら、三十間ほど離れた大松屋の店先に目をやっていた。関山、守島、鬼猿のうちのだれかが、大松屋に姿を見せるはずである。

百蔵は、関山たちが大松屋と連絡をとっているとみていた。

……そろそろ、あらわれてもいいころだがな。

百蔵は煙管を手にしたままつぶやいた。百蔵が、大松屋の店先を見張るようになって三日目である。午前と午後、それぞれ一刻（二時間）ほどだけだったが、不審を抱かれないように身装と場所を変えていた。

七ツ半（午後五時）ごろであろうか。夕陽が日本橋川の川面に映じて淡い茜色に染まり、無数の波の起伏を刻んでいた。

百蔵は煙管を莨入れに入れようとしたとき、大松屋の店先に近付いてくる大柄な武士を目にとめた。

……あやつかな。

武士は、羽織袴姿で二刀を帯びていた。御家人か江戸勤番の藩士のようである。

武士の大柄な体軀からみて、関山、守島、鬼猿とは別人のようだったが、関山たちと何かかかわりがあるかもしれない。

百蔵は体を大松屋にむけ、武士を見つめた。

武士は大松屋の暖簾をくぐってなかに入ったが、すぐに出てきた。ひとりではなかった。った。すぐ後ろに、番頭の登兵衛の姿があった。登兵衛は、風呂敷包みを手にしていた。

ふたりは店の脇へ行くと、登兵衛が風呂敷包みを武士に渡し、何か声をかけたようだった。

ふたりは、すぐに別れた。登兵衛は店にもどり、武士は風呂敷包みを胸に抱えるように持ったまま日本橋川沿いの道を川上にむかった。

百蔵は、武士が半町ほど遠ざかったところで、

……尾けてみるか。

とつぶやき、風呂敷包みを背負《せお》って樹陰から通りに出た。

武士は川上にむかって歩いていく。

百蔵は足を速めて、武士に近付いた。日本橋川沿いの通りは、町人や武士が行き交っていたので、尾行に気付かれる恐れはなかった。

武士は入堀《いりぼり》にかかる思案《しあん》橋のたもとまで来ると、右手におれて道を変えた。武士は入堀沿いの道を北にむかって歩き、親父《おやじ》橋のたもとを過ぎてしばらく歩いてから、また右手におれた。

……どこへ行く気だ。

百蔵は武士の跡を尾けていく。この界隈に、畠沢藩とかかわりがあるような家屋敷はないはずだった。

武士は賑やかな町筋を東に向かって歩き、浜町堀《はまちようぼり》沿いの道に突き当たった。その道を左手におれ、堀沿いの道をいっとき歩いてから仕舞屋の前に足をとめた。借家ふうの家だが、板塀でかこってある。

武士は、仕舞屋の表戸をあけて家に入った。

……何者か、つきとめてやる。

百蔵は背負っていた風呂敷包みを堀の岸際に繁茂《はんも》している葦のなかに隠すと、仕舞屋に近付いた。

戸口近くまで来て家のまわりに目をやったが、家の前や脇には身を隠せる場所がなかった。

この辺りは、日本橋高砂町《たかさご》である。浜町堀沿いの通りには、ぽつぽつと人影があった。ぼてふり、職人、船頭、町娘など町人が目についた。

百蔵は板塀の脇をたどって裏手にむかった。裏手にも、板塀がまわしてあった。塀の外は草藪になっている。

百蔵は音をたてないように草藪に踏み込み、板塀に身を寄せて聞き耳を立てた。裏手は台所になっているらしかった。

そのとき、家のなかからくぐもったような声が聞こえてきた。男の声である。

……青田《あおた》、ごくろうだったな。それで、金は？

男が訊いた。濁声である。

……金は、菓子折りのなかにある。

別の男の声が聞こえた。青田と呼ばれた男が答えたらしい。

……何両ある。

濁声の男が訊いた。

……二百両だ。番頭は、これでしばらくの間辛抱《しんぼう》してくれ、と言っていたぞ。

青田が言った。

百蔵はふたりのやり取りを聞いて、番頭の登兵衛から風呂敷包みを受け取った武士が青田で、風呂敷包みには菓子折りのなかに隠した二百両の金が入っていたことが知れた。

……ところで、青田、知り合いに腕のたつ男はいないか。二、三十両なら渡してもいいぞ。

濁声の男が言った。

……ひとりいる。おれと同じ御家人の冷や飯食いでな、名は大内安次郎《おおうちやすじろう》。一刀流の遣い手だ。

どうやら、青田は御家人の冷や飯食いらしい。

……その男の手を借りるか。

……おれが、大内に話してみよう。

……頼む。

……関山どの、次はだれを狙うのだ。家老か、それとも大目付か。

青田が訊いた。

百蔵は、濁声の主が関山仲太郎だと分かった。青田が口にした家老は小松で、大目付は先島であろう。

……いや、先島を襲ったときのこともある。先に、浅野か鬼塚を始末しないと、また同じ目に遭うだろうな。

……浅野をやるか。

……いや、鬼塚がいい。鬼塚と馬場の住家は、分かっている。そこを襲えば、一気にふたり始末できる。

関山が言った。

……いつやる。

……早い方がいいが。守島と鬼猿にも知らせねばな。それまでに、大内も仲間にくわえたいが――。

……おれが、すぐに大内と連絡をとる。

……そうしてくれ。

青田と関山の話はさらにつづいたが、いっときして百蔵はその場を離れた。青田と関山が、深川の岡場所の話を始めたからである。

5

「なに、ここを襲うのか！」

思わず、雲十郎が聞き返した。

山元町の借家の縁先に、雲十郎、馬場、百蔵がいた。陽が落ちてから、百蔵が借家に姿を見せ、関山たちが雲十郎と馬場の住居を襲うつもりでいることを話したのである。

「いつだ」

馬場が声を大きくして訊いた。

「いつかははっきりしないが、近いうちとみていいでしょう」

「それで、関山たちは、何人でここを襲うつもりだ」

雲十郎が訊いた。

「それも、はっきりしないが、五、六人とみています」

百蔵が、関山、守島、鬼猿、それに青田と大内の名を口にした。まだ、大内は関山たちの仲間ではないが、雲十郎たちを襲うときは、くわわるとみておいた方がいいと思ったようだ。

「青田と大内は、牢人か」

雲十郎は、ふたりの名を初めて聞いたのである。

「御家人の冷や飯食いらしいが、腕は立つようですよ」

百蔵が低い声で答えた。

「腕のたつ者が、五人で踏み込んでくるのか」

雲十郎は、このままでは勝ち目がないとみた。鬼猿と守島だけでも強敵である。さらに、三人も腕のたつ者がいるとなると、雲十郎と馬場だけでは太刀打ちできないだろう。

「鬼塚、お頭と浅野どのに頼んで、腕のたつ者を四、五人助太刀に頼むか」

馬場が顔をけわしくして言った。お頭は、徒士頭の大杉である。

「襲ってくる日が分かればそれもできるが、いつか分からないのだぞ。……それに、七、八人もで、この狭い家に寝泊まりできるか」

「無理だな」

馬場が渋い顔をした。

「さて、どうするか——」

雲十郎は虚空に視線をとめて黙考していたが、

「こちらから、攻めるしかないな」

と、馬場と百蔵に目をやって言った。

「攻めるとは？」

馬場が身を乗り出して訊いた。

「おれたちが先に、関山たちの隠れ家を襲うのだ」

関山と青田しか討てないかもしれないが、仕方がない。

「襲うのはいいが、ふたりだけでは逃げられるぞ」

馬場の顔に懸念の色が浮いた。

「浅野どのに話して手を借りよう」

「おれが、お頭にも話す。……それで、いつやる」

馬場が意気込んで訊いた。

「早い方がいい。うかうかしていると、こちらが襲われるからな。明後日は、どうだ」

雲十郎は、明日藩邸に行って浅野と大杉に話せば、明後日の夕暮れ時には、関山たちの隠れ家を襲えるのではないかとみたのだ。

「よし、分かった！」

馬場が声を上げた。

百蔵は雲十郎と馬場のやり取りを黙って聞いていたが、

「それがしとゆいは、どうします」

と、小声で訊いた。

「ふたりには、頼みたいことがある。……明後日まで、関山たちの隠れ家を見張り、何か動きがあったら知らせてもらえないか」

雲十郎が頼んだ。

「承知しました」

百蔵は、すぐに立ち上がった。


翌朝、雲十郎と馬場は愛宕下の藩邸に出かけ、浅野と大杉にことの次第を話した。浅野たちも、関山たちの住家を襲うことを承知し、すぐに配下のなかから腕のたつ者を四人選んだ。四人とも、先島の警護にくわわった者たちである。

浅野もくわわることになり、討っ手は、雲十郎、馬場、浅野、それに四人の藩士だった。大杉はくわわらないことになった。いまのところ、相手は関山と青田だけだったので、雲十郎や浅野たち七人で十分である。

雲十郎たちが藩邸に出かけた日の夕方、ゆいが山元町の借家に姿を見せた。

「ゆい、関山たちに何か動きがあったのか」

すぐに、雲十郎が訊いた。

「借家に、ひとりくわわりました」

ゆいが言った。

「だれだ?」

「大内安次郎です」

「新たに、仲間にくわわったのだな」

百蔵が話していた御家人の冷や飯食いである。

「大内は、関山たちの隠れ家にいるのか」

雲十郎が訊いた。

「いるようです」

「すると、三人か」

雲十郎は、大内がくわわっても後れをとるようなことはないとみた。味方は、六人である。それに、状況によっては百蔵たちも手を貸してくれるだろう。

それから、三人で明日の手筈を打ち合わせた後、

「明日まで、見張りをつづけます」

ゆいはそう言い残し、縁先から離れた。


翌日の午後、雲十郎たちは日本橋のたもとで浅野たちと待ち合わせた。人出の多い賑やかな場所にしたのは、その方がかえって不審の目をむけられないとみたからである。総勢七人、ひとり、ふたりと分かれて、関山たちの隠れ家のある高砂町にむかった。行き交う者に不審を抱かせないよう気を配ったのである。

先にたった雲十郎と馬場は、浜町堀にかかる高砂橋のたもとで足をとめた。この辺りで、ゆいか百蔵が待っていることになっていたのである。

「ゆいどのだ」

馬場が先にゆいの姿を目にとめた。

橋のたもとの柳の樹陰に、門付姿のゆいが見えた。ゆいは、すぐに雲十郎たちに近付き、

「二町ほど行った先に、下駄屋があります。その先の板塀でかこわれた家に、関山たちはいます」

ゆいが、北方を指差して言った。

「三人か」

雲十郎が念を押すようにして訊いた。

「はい」

ゆいは、関山、青田、大内の名を口にした。

「百蔵どのは?」

「隠れ家付近に身をひそめているはずです。何かあれば、姿を見せるかもしれません」

ゆいは、わたしは、これで、と言い残し、すぐに雲十郎たちのそばを離れた。

6

雲十郎と馬場は、後続の浅野たちが集まるのを待ってから、仕舞屋のある方にむかった。

二町ほど歩くと、小体な下駄屋があった。その先に目をやると、板塀でかこわれた仕舞屋がある。

「あれだ」

雲十郎が仕舞屋を指差した。

「関山たちは、いるかな」

浅野が訊いた。

「三人いるようだ。梟組の者が、さきほど知らせてくれた」

雲十郎は、ゆいと百蔵の名は口にしなかった。

浅野は、すでに梟組の者が江戸に来ていることは知っていた。雲十郎から、関山たちの居所をつきとめたのは梟組の者だと話してあったのである。

「三人か」

　浅野が言った。

「これだけいれば、後れをとるようなことはない」

「できれば、関山は生かして捕らえたいが――」

　浅野が、関山なら守島と鬼猿の居所も、関山たちを陰で動かしている黒幕がだれかも知っているはずと言い添えた。

「やってみるが、むずかしいな」

　関山を斬らずに捕らえるのは難しいし、状況によっては自害するのではないか、と雲十郎はみていた。

「鬼塚、無理はしないでくれ」

　浅野が言い添えた。浅野も、関山を取り押さえるのは容易《ようい》ではないとみたようだ。

　そのとき、暮れ六ツ（午後六時）の鐘が鳴った。陽は家並の向こうに沈み、西の空の薄雲が、淡い橙色《だいだいいろ》に染まっている。

　鐘の音が鳴りやむと、遠近《おちこち》から表店が大戸をしめる音が聞こえてきた。店仕舞いし始めたらしい。通りの人影も急にすくなくなり、ときおり遅くまで仕事をしたらしい職人や船頭ふうの男が通り過ぎていくだけである。

「仕度《したく》をしろ」

浅野が声をかけた。

雲十郎たちは仕舞屋に近付き、板塀の脇で闘いの仕度をした。仕度といっても、袴の股立を取り、襷《たすき》を掛けるだけである。

「馬場、福原《ふくはら》と町田《まちだ》を連れて裏手にまわってくれ」

浅野が言った。福原と町田は浅野の配下の目付である。馬場、福原、町田の三人が、仕舞屋の背戸から踏み込むことになっていたのだ。

「承知」

馬場が小声で言い、福原と町田を連れ、板塀沿いを裏手にまわった。

裏手の板塀に切り戸があり、そこから入ると、家の背戸の前に出られることを百蔵から聞いていたのだ。

「おれたちは、表だ」

浅野につづいて、雲十郎とふたりの藩士が表の戸口にむかった。

雲十郎たちは足音を忍ばせて戸口に近付き、板戸に身を寄せてなかの気配をうかがった。

家のなかで障子をあけるような音がし、つづいて人声が聞こえた。かすかな声なので、男であることは分かったが、何を話しているかは聞き取れなかった。

「踏み込むぞ」

雲十郎が小声で言って、板戸を引いた。

戸はすぐにあいた。家のなかは薄暗かった。まだ、行灯に火は入れてないらしい。敷居につづいて狭い土間があり、その先が座敷になっていたが、人影はなかった。右手に廊下がある。裏手につづいているようだ。

雲十郎と浅野につづいて、ふたりの藩士も土間に踏み込んだ。四人は、息をつめて家のなかの様子をうかがった。薄闇のなかで、男たちの双眸が青白くひかっている。

座敷の先に障子がたててあり、その奥でかすかな物音がした。畳を踏むような音である。だれかいるらしい。

「関山、姿を見せろ!」

浅野が声を上げた。

すると、障子があいて男がひとり姿を見せた。中背の武士だった。関山である。小袖に角帯姿だった。手に大刀を引っ提げている。

関山の背後にも人影があったが、だれがいるのかは分からなかった。

「浅野と鬼塚か!」

ふいに、関山が怒声を上げた。顔が豹変《ひょうへん》している。目がつり上がり、口をひらいて歯を覗かせた。夜叉《やしゃ》を思わせるように憤怒《ふんぬ》の形相《ぎょうそう》である。

「関山、観念しろ！　逃げられんぞ」

浅野が言いざま、框から座敷に上がった。

雲十郎がつづき、左手で刀の鯉口を切り、右手で柄を握った。ふたりの藩士は、抜刀体勢をとったまま土間にいる。

「青田、大内、こやつらを斬れ！」

関山が叫んだ。

すると、障子が大きくあき、ふたりの武士が姿を見せた。青田と大内であろう。

そのとき、家の裏手で戸をあける音がし、つづいて何人かの床板を踏むような音が聞こえた。馬場たちが、裏手から踏み込んできたらしい。

「裏手からも来たぞ！」

大柄な武士が声を上げた。

この武士が、青田らしい。雲十郎は、百蔵から青田の体軀を聞いていたのだ。もうひとりの武士は、中背だった。こちらが、大内であろう。

「関山、観念しろ！」

浅野が声を上げた。

「おのれ！」

関山が抜刀した。

つづいて、青田と大内も抜いた。三人は、雲十郎たちのいる座敷と敷居を隔《へだ》てた奥の座敷にいた。

関山が前に立ち、背後の左右に青田、大内がいる。

右手の廊下で、ドカドカと足音がした。裏手から入った馬場たちが、座敷に近付いてきたらしい。

「やるしかない」

言いざま、青田が抜刀した。

すぐに、大内も抜き、切っ先を雲十郎たちにむけた。

7

雲十郎は、およそ三間の間合をとって関山と対峙していた。居合腰に沈め、抜刀体勢をとっている。雲十郎は、関山の右腕を斬ろうと思った。生け捕りにするために、右腕だけ斬って、刀と戦力を奪うのである。

　峰打ちに仕留めたかったが、その余裕はなかった。狭い座敷のなかで、入り乱れて闘うことになる。刀身を峰に返し、関山の腹なり胸なりを強打して動けなくするのは至難である。

　関山は低い八相に構えていた。鴨居《かもい》に切っ先が触れないように、腰を沈めて低く構えている。

　浅野とふたりの藩士が、切っ先を青田と大内にむけていた。青田は青眼、大内は切っ先を下げ、下段にちかい構えをとっている。ふたりとも構えに隙がなく、腰が据わっていた。なかなかの遣い手らしい。

　そのとき、廊下側の障子があき、馬場たちが姿を見せた。

「ここだ！」

　馬場が声を上げた。

　青田と大内の視線が揺れた。顔に、動揺の色がある。正面と廊下側から挟み撃ちのような格好になったからだ。

「関山、いくぞ」

　雲十郎が声を上げ、関山との間合をつめ始めた。

ズッ、ズッ、と雲十郎の足元で畳を摺る音がひびいた。雲十郎は抜刀体勢をとったまま関山に迫っていく。

関山は気が異様に昂っているらしく、顔がひき攣ったようにゆがみ、八相に構えた刀身が小刻みに震えていた。

ただ、全身に闘気がみなぎり、恐怖や怯えの色はなかった。

雲十郎は居合の抜刀の間合に入ると、ヤアッ！　と短い気合を発し、ビクッと腰を沈めた。誘いである。居合の抜刀の気配を見せて、敵の仕掛けを誘ったのだ。

この気配に、関山が反応した。

タアリャッ！

甲走った気合を発し、八相から袈裟に斬り込んできた。

雲十郎は身を引いて関山の切っ先をかわした刹那、鋭い気合を発して抜きつけた。

シャッ、と刀身の鞘ばしる音がひびき、閃光が逆袈裟にはしった。

その切っ先が、袈裟に斬り下ろした関山の右の二の腕をとらえた。雲十郎は、関山が袈裟に斬り込んでくることを読み、前に伸びた右腕を狙って逆袈裟に斬り上げたのである。

ギャッ！

絶叫を上げて、関山が身をのけぞらせた。

だらり、と関山の右腕が垂れ下がった。次の瞬間、截断された腕から筧《かけい》の水のように血が赤い筋を引いて流れ出た。

関山は右腕から血を流しながらよろめき、廊下側の障子に肩からつっ込んだ。バリバリと音をたてて障子が桟《さん》ごと破れ、右腕から飛び散った血が障子紙を赤い牡丹《ぼたん》の花弁を散らすように染めた。

関山は刀を取り落とし、座敷にへたり込んだ。左手で血の流れ出る右腕を押さえて、ウウウッ、と獣の唸《うな》るような呻き声を上げている。

雲十郎は関山のそばに立つと、

「動くな！」

と声をかけ、切っ先を関山にむけた。

関山は雲十郎を見上げ、憤怒に顔をしかめると、

「こ、殺せ！」

と、叫んだ。

「うぬには、訊きたいことがあるのでな、生きていてもらう」

雲十郎が関山を見すえて言った。

「うぬらに、話すことなどあるか！」

叫びざま、関山は膝の脇に落ちていた刀身を左手でつかむと、いきなり首筋を掻き切った。一瞬のことである。

首筋から血が噴いた。障子に当たって、バラバラと音を立てた。小桶で撒いたように、辺りが血に染まっていく。

……しまった！

と、雲十郎は思ったが、手の下しようがなかった。

関山は血を撒きながら俯せに倒れた。首から噴出した血が、まるで赤い生き物のように畳にひろがっていく。

関山はかすかに体を痙攣させていたが、首をもたげようともしなかった。息の音も聞こえない。絶命したようである。

雲十郎は、血刀を引っ提げたまま、浅野や馬場たちに目をやった。

青田が、座敷の隅に尻餅《しりもち》をついていた。肩から胸にかけて、血に染まっている。その青田の首筋に、浅野が切っ先をむけていた。

大内は座敷のなかほどで、馬場と相対していた。下段に構えている。右袖が裂け、血の色があった。大内も傷を負ったようだ。

大内の下段に構えた刀身が、小刻みに震えている。腕の負傷のせいらしい。対する馬場は、青眼に構えていた。どっしりと腰の据わった隙のない構えである。福原と町田が座敷の隅に立ち、大内に切っ先をむけていた。ふたりは、闘いにくわわるのではなく、大内の逃げ道をふさいでいるようだった。

……馬場にまかせておけばいい。

と、雲十郎はみた。

そのとき、大内が甲走った気合を発し、下段から刀身を上げて踏み込んだ。突きである。体ごとぶち当たるような捨て身の突きだった。

咄嗟に、馬場は右手に跳びざま刀身を横に払った。

一瞬の攻防だった。大内の切っ先は、馬場の肩先の空を突き、馬場の一撃は大内の胴を深くえぐっていた。

グワッ！

獣の咆哮のような呻き声を上げ、大内が前によろめいた。

大内は足がとまると、刀を取り落とし、両腕で腹を押さえてうずくまった。両手の指の間から血が流れ落ちている。

「こ、殺せ！」

大内が叫んだ。

腹部が血塗《ちまみ》れだった。大内はうずくまったまま激しい呻き声を上げた。体が顫え、蒼ざめた顔がひき攣っている。だれの目にも、大内の命が長くないことはあきらかだった。

「オオッ!」

馬場が一声上げて、大内の前に立った。

馬場は切っ先を大内の首筋にあてて引き切った。とどめを刺してやったのである。大内は首から血を撒き散らしながら俯せに倒れた。見る間に、血が畳にひろがっていく。大内は血海のなかで息絶えた。

「青田は、生きているぞ」

浅野が、座敷にいる雲十郎と馬場に声をかけた。

すぐに、雲十郎たちは青田の前に集まった。青田は恐怖と興奮に目をつり上げ、肩で息していた。肩から胸にかけて着物が裂け、どっぷりと血を吸っている。袈裟の太刀をあびたらしい。

「青田、おぬしに訊きたいことがある」

浅野が、切っ先をむけたまま言った。どうやら、浅野は青田から話を聞くために生かしておいたらしい。

「……」

青田は紙のように蒼ざめた顔で浅野を見上げた。怯えるような目をしている。

「大松屋から、金を受け取ったな」

浅野が訊いた。

青田は無言のままうなずいた。隠す気はないようである。此《こ》の期《ご》に及んで、隠しても仕方がないと思ったのかもしれない。

「あれは、何の金だ」

「お、おれは、畠沢藩からの金と聞いている」

青田が震えを帯びた声で言った。

「畠沢藩のだれが、大松屋に金を出させたのだ」

「名は聞いてないが、藩邸にいる者らしい」

「その者の役職を知っているか」

「し、知らない……」

青田が首を横に振った。

浅野は、そこでいっとき間を置いたが、

「おぬし、大松屋から金を受け取ったのは、一度ではないな」

と、声をあらためて訊いた。

「三度だ。いつも、二百両ほど渡された」

青田が、大松屋から金を受け取る役だったという。

青田は牢人とちがって御家人らしい恰好をしていたので、関山が青田に大松屋への出入りを頼んだのだろう。

「都合、六百両か。……大金だな。その金で、牢人たちを雇ったのだな」

浅野が顔をけわしくして言った。

雲十郎も、大金だと思った。藩邸にいるだれが、大松屋にその金を出させたのか。祐筆の榊原とは思えなかった。榊原が関与していたとしても、背後には大物がいるにちがいない。

以前、大松屋は年寄の松村の依頼で金を貸したことがあったが、その件は解決し、松村は自害しているので、別人のはずである。

……いずれにしろ、榊原に訊けばはっきりするだろう。

と、雲十郎は思った。

「ところで、守島と鬼猿を知っているな」

浅野が声をあらためて訊いた。

「知っている」

「ふたりの居所は？」

「本湊町《ほんみなと》だと、聞いた覚えがあるが……」

青田が語尾を濁《にご》した。はっきりしないらしい。

「本湊町というと、鉄砲洲《てっぽうず》か」

浅野は首をひねった。まったく、思いあたる家屋敷はないのだろう。

浅野が口をつぐんだとき、

「借家か」

と、雲十郎が訊いた。

「借家らしい」

青田が答えた。

それから、浅野が、関山とかかわりのある畠沢藩士のことを訊いたが、青田が名を知っていたのは、榊原と柳村のふたりだけだった。

浅野の訊問が終わったとき、

「こやつ、どうする」

馬場が訊いた。

「藩邸に連れていくことはできないので、ひとまず、どこかの町宿にでも閉じ込めておこう」

浅野は、まだ青田を利用できるとみたようだ。

第五章　鬼たち

1

「鬼塚、浅野どのがみえたぞ」

戸口で、馬場の声が聞こえた。

雲十郎は山田道場の稽古に行くつもりで、山元町の借家の座敷で袴に着替えていたところだった。

馬場は藩邸に行くために半刻（一時間）ほど前に家を出ていた。その馬場が、浅野を連れてもどってきたようだ。

「入ってくれ」

雲十郎は、袴の紐《ひも》をしめながら言った。

馬場と浅野は、縁側につづく座敷に腰を下ろした。何かあったらしく、浅野の顔がけわしかった。

雲十郎は浅野の前に膝を折ると、

「何かあったのか」

と、すぐに訊いた。

「榊原が、藩邸から姿を消したのだ」

浅野が言った。

「姿を消したとは」

「榊原の住む長屋は、もぬけの殻《から》なのだ」

浅野によると、昨夜、榊原は藩邸の長屋にいたという。ところが、今朝《けさ》行ってみると、榊原の姿はなく、羽織袴や大小などもなくなっていたそうだ。

すぐに、浅野は榊原の隣の部屋に住む三島《みしま》という藩士に訊いたが、三島も榊原がどこへ行ったのか知らなかった。

浅野によると、先島にこれまでの経緯を話し、榊原を訊問しようとしていた矢先だったという。

「榊原は関山たちが襲われたことを知り、いよいよ自分の身があやういとみて、逃走したのではないかな」

雲十郎が言った。

「それにしても、早い」

浅野が残念そうな顔をした。榊原を捕らえて自白させれば、黒幕も知れると思っていただけに無念さが込み上げてきたのだろう。

雲十郎たちが、関山たちの隠れ家に踏み込んで、まだ二日しか経っていなかった。浅野には、まだ榊原の耳にはとどいていないという油断があったのだろう。

「何者か分からないが、藩邸内にいる黒幕の耳に入ったのかもしれないな」

その黒幕が、先手を打って榊原を逃がしたとも考えられる。

「そやつ、何者だろう……」

馬場が目をひからせてつぶやいた。

雲十郎と浅野は、虚空を睨《にら》むように見すえて黙考していたが、

「まだ、手はある」

と、雲十郎が言った。

「どんな手だ」

馬場が身を乗り出すようにして訊いた。

「まず、本湊町を探ってみたらどうかな。武士の住む借家は、そう多くないはずだ」

すでに、雲十郎は、ゆいに守島と鬼猿の住む借家が本湊町にあることを話してあった。いまごろ、ゆいと百蔵は本湊町に当たり、守島たちの隠れ家を捜しているはずである。

「目付たちにあたらせよう」

浅野が言った。

「他にもある」

「なんだ？」

「大松屋だ。青田によると、大松屋は六百両もの金を関山たちに都合している。藩の要職にある者から話がなければ、それだけの金を都合するはずはないとみるが、浅野どのはどうみる」

雲十郎が浅野に訊いた。

「おれも同じ見方だが、何か確証がないと、また繁右衛門はうまく言い逃れるぞ」

浅野の言うとおり、大松屋のあるじの繁右衛門は、以前も年寄の松村に大金を渡したことがあったが、頼まれて貸しただけだと言い張ったのである。

「どうだ、番頭を攻めてみたら。……登兵衛は、青田に店の外でひそかに金を手渡しているのだ。そこを突いたら、何かぼろをだすかもしれんぞ」

雲十郎は、何も出てこなくて元々だと思った。

「やってみるか」

浅野の顔から無念そうな表情が消えている。

雲十郎たち三人は、すぐに山元町の借家を出て行徳河岸にむかった。登兵衛から、直接話を聞いてみることにしたのである。

大松屋の暖簾をくぐって土間に入ると、帳場にいる登兵衛の姿が見えた。登兵衛は帳簿をひらいて筆で何か記載していた。

登兵衛は土間に立っている雲十郎たちの姿を目にすると、慌てた様子で立ち上がった。

「これは、これは、浅野さま、何かご用でございましょうか」

登兵衛が揉み手をしながら訊いた。

「番頭に訊きたいことがあるのだ」

浅野が言った。

「あるじが、おりますが」

登兵衛は、怪訝《けげん》な顔をした。

「いや、番頭でいい」

「てまえだけでよろしいんですか……」

登兵衛の顔に不安そうな色が浮いた。

「そうだ。……ここで話すわけにも、いかないな」

浅野が店内を見まわしながら言った。店には、商家の旦那ふうの男や手代などがいた。浅野たちに不審そうな目をむけている者もいる。

「ともかく、お上がりになってくださいまし」

登兵衛が表情を硬くして言った。

登兵衛が雲十郎たち三人を案内したのは、帳場のすぐ脇にある小座敷だった。番頭や手代だけで済む客との商談の座敷らしかった。

「茶を淹《い》れさせましょう」

と言って、登兵衛が座敷から出ようとすると、

「茶はいい。すぐに、済むから」

そう言って、浅野が引きとめた。

登兵衛は不安そうな顔をして浅野の前に膝を折った。

「番頭、青田という武士を知っているな」

すぐに、浅野が切り出した。

「はて、青田さまですか――」

登兵衛は首をかしげたが、顔に困惑の色が浮いた。

「番頭、知らないとは言わせないぞ。おまえが、金を渡しているところを見た者がい

るのだ」

浅野が語気を強くして言った。

「あ、青田作兵衛《さくべえ》さまですか。……存じていますが」

登兵衛の声がつまった。顔が、こわばっている。

「青田に渡したのは、何の金だ」

浅野が訊いた。

「なんですか、畠沢藩の新たに江戸においでになったお方が、内密にお金がいるそうでして――。いつもお世話になっている畠沢藩の方のご依頼ですし、わずかな金額なのでお渡しいたしました」

「二百両ずつ、三度。都合六百両の金が、わずかな金額か」

浅野の語気が強くなった。

「そ、それは……」

登兵衛が目を剝いた。顔から血の気が引いている。まさか、そこまで知られているとは思ってもみなかったのだろう。

「その金だが、藩の目付が三人殺されたおりにも、使われたのだぞ」

浅野が畳み掛けるように言った。さすが、目付組頭である。訊問の壺《つぼ》を心得ているらしく、登兵衛が言い逃れできないように追い詰めていく。

「……！」

「番頭、藩邸まで来てもらうかな。……藩では目付が三人殺され、大目付の先島さままで襲われているのだからな。いくら、蔵元の番頭でも、下手人一味の片棒を担《かつ》いでいることがはっきりすれば、ただではすまないぞ」

浅野の声には、強いひびきがあった。

「こ、困ります。……てまえは、青田さまにお金を差し上げたわけではないのです。ただ、藩の方にしばらく貸してくれと言われ、あるじとも相談しまして、一時的に用立てただけなのでございます」

登兵衛が必死になって言った。

「藩の方というのは、だれだ」

「榊原さまです」

「番頭、榊原は祐筆だぞ。大松屋との取引きには、何のかかわりもないはずだ。その榊原が、店に来て金を貸してくれと言ったら、さようでございますか、と言って、六百両もの大金を用立てるのか。……そんなことが、信じられるか」

浅野が声を荒らげた。

「そ、それは、御留守居役さまの添状《そえじょう》もお持ちだったからです」

登兵衛が苦悶《くもん》に顔をゆがめて言った。

「内藤さまか！」

浅野が声を大きくした。

畠沢藩の留守居役は、内藤伝兵衛である。留守居役は、他藩や幕府と外務交渉するのが仕事だが、畠沢藩の場合、蔵元の大松屋との取引きにもかかわっている。

雲十郎は黙って浅野と登兵衛のやり取りを聞いていたが、

……内藤が、陰で榊原をあやつっていたのか！

と、胸の内で声を上げた。

それから浅野と雲十郎が、国許の広瀬と内藤のかかわりを訊いたが、そこまでは登兵衛も知らないようだった。

「また、話を聞かせてもらうぞ」

そう言い置いて、雲十郎たちは腰を上げた。

2

夜陰のなかを流れてくる微風のなかに、春らしいやわらかさがあった。雲十郎はひとり縁先に出て、貧乏徳利の酒を飲んでいた。

小半刻（三十分）ほど前まで、座敷で馬場とふたりで飲んでいたのだが、いつものように馬場は眠くなったと言って、奥の寝間に引っ込んでしまった。眠ったらしく、奥から馬場らしい豪快な鼾が聞こえてくる。

そのとき、縁先に近付いてくるかすかな足音がし、ひとの気配がした。その足音に、雲十郎は覚えがあった。ゆいである。

ゆいは、闇に溶ける柿色の筒袖と裁着袴姿だった。夜陰に身を隠して動くときは頭巾をかぶっているが、いまは顔を見せていた。色白の顔が月光を映じて、夜陰のなかに白蠟《はくろう》のように浮かびあがっている。

「ゆいか」

雲十郎が声をかけた。

「はい」

ゆいは、雲十郎の前に屈んで地面に片膝をつこうとした。

「ここに来るといい」

雲十郎は、脇の縁側に腰を下ろすよう勧めた。

ゆいは無言でうなずき、雲十郎の脇に腰を下ろした。

そのとき、ゆいの耳に馬場の鼾がとどいたらしく、

「馬場さまは、お休みですか」

と、口許に笑みを浮かべて言った。

「飲むとすぐ眠くなるようだ」

雲十郎も苦笑いを浮かべたが、

「ゆい、何かあったのか」

と、すぐに訊いた。ゆいは、雲十郎に何か知らせに来たのである。

「鬼猿たちの居所が知れました」

ゆいが顔の笑みを消して言った。

「どこだ？」

「本湊町の湊稲荷《いなり》の近くにある借家です」

八丁堀にかかる稲荷橋のたもとに稲荷があった。湊稲荷とか浪除《なみよけ》稲荷とか呼ばれて

いる。鬼猿たちの隠れ家は、その稲荷の近くにあるらしい。

「鬼猿と守島だけではありません。もうひとり、谷山平次郎《たにやまへいじろう》という牢人がいます」

ゆいによると、谷山は先島の乗る駕籠を襲ったおり、鬼猿たちといっしょに逃げた牢人だという。

「三人か」

雲十郎は、谷山もいっしょに始末すればいいと思った。

「どうしますか」

ゆいが訊いた。

「明日にも、浅野どのに話し、鬼猿たちを討ちとることになろうな」

雲十郎は、鬼猿たちの隠れ家に踏み込むのは、早くて明後日の夕方になる、と言い添えた。

「それまで、わたしと百蔵どので見張っています」

ゆいが言った。

「そうしてくれ」

「……………」

ゆいが口をつぐむと、急にふたりの話がとぎれた。

夜の闇と静寂《しじま》が、ふたりをつつんでいる。ふたりは無言のまま、月光に照らされて青白くひかる庭木の葉叢《はむら》に目をやっていた。ふたりの息だけが、呼応し合うように聞こえてくる。

「おれの家は代々徒士だが、ゆいの家は……」

雲十郎は、小声で訊いた。

「父も梟組でした」

ゆいの声には梟組として話しているときとちがう、女らしいやわらかなひびきがあった。

「おれは、徒士ではなく、介錯人として生きねばならないだろう」

雲十郎が言った。

「……………」

ゆいは、無言でうなずいただけだった。

また、ふたりは口をつぐんだ。縁先は静寂につつまれていたが、障子の奥からは馬場の鼾が聞こえていた。

そのとき、突然、鼾がグワッと獣の吠えるような声になり、夜具を撥ね除《の》けるような音が聞こえた。馬場が寝返りをうったらしい。

馬場の鼾は、また同じように聞こえ始めた。

ゆいが、フッと吐息を洩らして立ち上がり、

「明後日夕方、稲荷橋のたもとでお待ちしております」

梟組らしい声で言うと、きびすを返し、夜陰のなかに去っていった。

雲十郎は、ゆいの後ろ姿が消えてもその場から離れなかった。皓々《こうこう》とかがやく月に目をやりながら、ゆっくりと湯飲みの酒をかたむけた。


翌朝、雲十郎は馬場とふたりで藩邸に出かけ、浅野と大杉に会って鬼猿たちの隠れ家が知れたことを伝えた。

大杉は雲十郎の話を聞くと、

「すぐにも、討とう」

と、勢い込んで言った。

浅野も同意し、鬼猿たち三人を討つことになった。

さらに、四人で手筈を相談し、隠れ家を襲うのは明日の夕方、討っ手は高砂町で関山たちを討ったときと同じ総勢七人ということになった。

そうした段取りが決まった後、

「鬼猿は、それがしに討たせてもらいたい」

と、雲十郎が言った。

雲十郎は、ひとりの剣客として鬼猿の遣う二刀と勝負を決したかった。そのために、山田道場で鬼猿の二刀を破る工夫も重ねていたのだ。

「鬼塚、鬼猿に勝てるのか」

馬場が心配そうな顔をして訊いた。浅野と大杉の顔にも、懸念の色があった。二刀を巧《たく》みに遣う鬼猿が、いかに強敵であるか知っているのだ。

「やってみねば分からないが、鬼猿はおれの手で斬りたい」

雲十郎の声には、静かだが強いひびきがあった。

「いいだろう。だが、鬼塚があやういとみたら、勝負に割って入るぞ」

馬場が、当然のような顔をして言った。

雲十郎は、一瞬で勝負は決するとみたが、何も言わなかった。

3

その日は、曇天《どんてん》だった。まだ、七ツ半（午後五時）ごろだったが、辺りは夕暮れ時のように薄暗かった。

雲十郎たち七人は京橋のたもとで待ち合わせ、八丁堀沿いの道を東にむかった。関山たちを襲ったときと同じように、雲十郎たちは、ひとり、ふたりとすこし間をとって歩いた。

雲十郎と馬場は先頭を歩いていた。八丁堀にかかる中《なか》ノ橋のたもとを過ぎ、前方に稲荷橋が近付いてきたとき、路傍の樹陰に立っていた門付姿のゆいが、雲十郎に近付いてきた。

「鬼猿たち三人は、隠れ家にいます」

ゆいが、雲十郎に知らせた。

「百蔵どのは？」

雲十郎が訊いた。

「隠れ家を見張っています」

「そうか」

馬場はゆいの後ろにまわり、雲十郎とゆいのやり取りを聞きながら歩いている。

「間をとって、わたしの後から来てください」

ゆいはそう言って、小走りに雲十郎から離れた。門付が武士と話しながら歩いていたら、行き交う者たちが不審の目をむけるだろう。

雲十郎と馬場は、ゆいと三十間ほど間をとって歩いた。ゆいの三味線を手にした門付の姿は目立つので、見失うようなことはない。

やがて、湊稲荷の脇を通って、大川の川岸に出た。前方に、大川の河口とそれにつづく江戸湊の海原がひろがっていた。曇天のせいか、海原は藍《あい》色にかすみ、無数の白い波頭が乱れた縞《しま》模様のように水平線の彼方《かなた》までつづいている。

河口には佃島《つくだじま》が横たわり、その周辺に漁師の舟や大型廻船の荷を運ぶ瀬取り船などが見えた。

雲十郎たちが河口沿いの道を南にむかって歩きだしたとき、通り沿いの小店の脇から手ぬぐいで頬っかむりした男が、雲十郎に近付いてきた。継ぎ当てのある腰切半纏に股引《ももひき》、草履《ぞうり》履きだった。近隣に住む漁師のように見える。

男は雲十郎に顔をむけ、

「百蔵で」

と、小声で言った。

「うまく化《ば》けるな」

雲十郎が感心したように言った。

「身装を変えただけでさァ。……ここから先は、あっしが案内しやすぜ」

百蔵が言った。身装だけでなく、話しぶりまで変えている。

雲十郎は、前を行くゆいに目をやった。ゆいは、小走りに雲十郎たちから離れていく。案内役を百蔵と代わったらしい。

「二町ほど行くと瀬戸物屋がありやす。その先の仕舞屋が、やつらの隠れ家でさァ」

百蔵によると、瀬戸物屋と仕舞屋の間は雑草におおわれた空き地になっているという。空き地をたどれば裏手にも行けるそうだ。

「家の出入り口は、表と裏、それに空き地側の濡れ縁からも飛び出せやす」

歩きながら、百蔵が言った。

どうやら、百蔵は隠れ家から逃げ出せる場所を雲十郎に伝えるためもあって、ゆいと代わったらしい。

「三か所を、かためねばならんな」

雲十郎は、七人では人数がたりないと思った。

「戸口から、空き地側の濡れ縁は見えやす。戸口にいれば、濡れ縁側をかためることはありませんや。……それに、あっしが、濡れ縁側を見ていやす」

百蔵が言った。漁師らしい物言いである。

「頼む」

おそらく、ゆいも空き地のどこかに身をひそめているだろう。百蔵とゆいも、戦力になるはずだった。

そんなやり取りをしている間に、通りの右手に瀬戸物屋らしい店が見えてきた。左手には大川の河口がひろがっている。

「あっしは、これで」

百蔵は小走りに雲十郎から離れていった。

雲十郎と馬場は路傍に立って、後続の浅野たちが近付くのを待った。

「あそこに、瀬戸物屋があるが、その先の家が鬼猿たちの隠れ家らしい」

雲十郎が、前方の瀬戸物屋を指差して言った。

「行ってみよう」

浅野が後続の討っ手たちに声をかけた。

雲十郎は浅野と肩を並べて歩きながら、百蔵から聞いた隠れ家の様子を話した。

瀬戸物屋の前を通り過ぎたところで、雲十郎たちは路傍に足をとめた。雑草の茂った空き地があり、その先に借家らしい仕舞屋があった。

浅野は空き地の隅に笹藪があるのを目にし、

「笹藪の陰に集まってくれ」

と、その場にいた男たちに指示した。

通行人がちらほらあり、路傍に立っている雲十郎たちに不審の目をむける者がいたからである。

浅野たちは笹藪の陰に身を隠し、隠れ家に踏み込む手筈をあらためて相談することにした。

「また、おれと福原どの、町田どのとの三人で、裏手から踏み込む」

馬場が言った。関山たちの隠れ家を襲ったおり、馬場、福原、町田の三人で裏手から踏み込んだのである。

「そうしてくれ」

浅野と雲十郎、それに藩士ふたりの四人で、表から踏み込むことになった。関山たちの隠れ家を襲ったときと同じである。ただ、表の四人が、空き地側にある濡れ縁も見なければならないので、ひとりは戸口に残ることになる。

「仕度をしろ」

浅野が男たちに声をかけた。

雲十郎たちは闘いの仕度を終え、辺りが夕闇につつまれるのを待ってから、仕舞屋に近付いた。

4

隠れ家の戸口までくると、

「西川《にしかわ》、戸口に残ってくれ」

と、浅野が若い目付に言った。西川は、隠れ家の表の戸口から踏み込む四人のなかのひとりである。

「はっ」

すぐに、西川は戸口の脇にまわり、空き地側の濡れ縁が見える位置に立った。

「あけるぞ」

雲十郎が戸口の引き戸を引いた。

板戸はすぐにあいた。土間の先に狭い板間があり、その先に障子がたててあった。

障子の奥に、人のいる気配がする。

雲十郎が土間に踏み込み、浅野と安井《やすい》という目付がつづいた。

「だれだ！」

障子の向こうで、男の声が聞こえた。

つづいて、畳を踏む音や瀬戸物の触れ合うような音がし、勢いよく障子があけはなたれた。

姿を見せたのは、小柄でずんぐりした体軀の武士だった。鬼猿である。三十がらみであろうか。浅黒い丸顔で、分厚い唇をしていた。鬼猿は小刀を腰に差し、大刀を左手に提げていた。大小はいつも身近に置いているようだ。

鬼猿のすぐ後ろに小太りの武士が立っていた。谷山である。もうひとり、座敷に座っている瘦身の武士がいた。守島のようだ。

守島の膝先に、貧乏徳利と湯飲みが置いてあった。鬼猿たち三人は、座敷で酒を飲んでいたらしい。

守島が、膝の脇に置いてあった刀を手にして立ち上がった。そして、谷山のそばに身を寄せると、肩越しに戸口に目をむけた。面長で、目の細い男である。

「鬼猿、おれと勝負しろ」

雲十郎が鬼猿を見すえて言った。

「勝負だと！」

鬼猿の口許に薄笑いが浮いた。

「うぬの二刀の太刀、おれが破ってくれる」

「鬼塚、おぬしの居合は、おれにつうじぬぞ」

「やってみねば分かるまい。それとも、怖《お》じ気《け》づいたか」

雲十郎は、鬼猿とふたりだけで立ち合いたかった。そのためには、家から外に連れ出さねばならない。

「なに！　……おぬしの頭、斬り割ってくれるわ」

鬼猿が顔に怒りの色を浮かべて言った。浅黒い丸顔が、怒張したように見えた。まさに、鬼のような顔である。

「鬼仙斎は、おれが斬った。うぬも、師のいる冥府に送ってやろう」

雲十郎が言った。

「師の敵を、ここで討つ！」

鬼猿が顔を憤怒にゆがめて叫んだ。

「家のなかは狭い。鬼猿、表へ出ろ」

雲十郎は鬼猿に体をむけたまま後じさり、敷居を跨《また》いだ。

「いいだろう」

鬼猿は、座敷から板間に出てきた。

土間にいた浅野と安井は、すぐに脇に身を引いた。そのまま、鬼猿を外へ出そうとしたのである。

浅野は土間に残っていたが、安井とふたりだけで、座敷に残っている守島と谷山を相手にしたくなかった。谷山の腕のほどは分からないが、守島は遣い手である。下手をすると、討たれるかもしれない。浅野は、背後から踏み込んでくる馬場たちを待って、守島たちに仕掛けようと思ったのだ。

守島は、雲十郎につづいて鬼猿が外に出るのを見ると、

「浅野、おれとやるか」

と、抑揚のない低い声で言った。細い目に、切っ先のような鋭いひかりが宿っている。

「うぬの相手は、他にいる」

浅野がそう言ったときだった。

家の奥で戸をあける音がし、つづいて床板を踏む複数の足音がひびいた。馬場たちが、裏手から踏み込んできたようだ。

「な、何人もでくる！」

谷山がひき攣ったような声で言った。

すぐに、廊下を走る荒々しい足音がひびき、「こっちだ!」という叫び声が聞こえた。馬場の声である。

「おのれ!」

守島が手にした大刀を抜きはなち、鞘を足元に捨てた。

廊下側の障子が荒々しくあき、馬場たち三人が姿を見せた。

「ここだ!」

馬場たちが座敷に踏み込んできた。

そのときだった。守島の脇にいた谷山がひき攣ったような顔をして、廊下と反対側の障子をあけた。狭い濡れ縁がある。

谷山は濡れ縁に飛び出した。逃げるつもりらしい。

これを見た浅野が、

「安井、空き地にまわれ!」

と、叫んだ。濡れ縁は西川が見張っていたが、ひとりでは心許無いと思ったのである。

「はっ!」

すぐに、安井が土間から飛び出した。

座敷に踏み込んできた馬場は、すでに抜刀していた。

「守島！　おれが相手だ」

叫びざま、馬場はすぐに青眼に構えた。

福原は馬場につづいて座敷に入り、座敷の隅から切っ先を守島にむけたが、町田は座敷が狭いため廊下に立って切っ先をむけている。

土間にいる浅野も刀を抜いたが、構えをとらなかった。馬場たちの闘いの様子を見てから、踏み込むつもりなのだろう。

「やるしかないようだな」

守島は馬場と対峙すると、ダラリと刀身を垂らした。下段の構えというより、ただ刀身を垂らしただけに見える。

守島は構えに覇気がなく、ぬらりと立っていた。顔は表情がなく、まるで死人でも立っているようだが、目だけはちがっていた。細い双眸に、刺すような鋭いひかりが宿っている。幽鬼《ゆうき》のような不気味《ぶきみ》さがあった。

……うかつに斬り込めぬぞ！

馬場は、守島の全身からはなたれている痺れるような剣気を感じとっていた。

馬場と守島との間合は、二間半ほどしかなかった。すぐに、斬撃の間境を越えられる近間である。狭い座敷のため、間合がひろくとれないのだ。

馬場と守島は、対峙したまま動かなかった。ふたりは全身に気魄を込め、気で攻め合っていた。気攻《きぜ》めである。

ふたりは動かなかった。息の詰まるような緊張と静寂のなかで、ふたりの激しい気攻めがつづいている。

と、座敷の隅にいた福原が、一歩踏み込んだ。その動きで、座敷をおおっていた剣の磁場が裂けた。

刹那、ツッと守島が半歩踏み込んだ。

次の瞬間、馬場と守島に斬撃の気がはしった。

イヤアッ！

タアリヤッ！

ほぼ同時に、ふたりの気合がひびき、体が躍動した。

馬場が青眼から振り上げざま袈裟に斬り込み、守島は下段から逆袈裟に刀身を斬り上げた。

袈裟と逆袈裟——。

二筋の閃光が眼前で合致し、青火が散り、甲高い金属音とともに、ふたりの刀身がはじきあった。

次の瞬間、ふたりは背後に跳びざま、二の太刀をはなった。一瞬の体捌きである。馬場は刀身を横に払い、守島は籠手《こて》を狙って鍔元へ斬り下ろした。

馬場の切っ先は守島の袖を斬り裂き、守島の切っ先は馬場の右手の甲を薄く斬った。

ふたりはさらに一歩引いて間合をとり、青眼と下段に構え合った。

そのとき、部屋の隅にいた福原が、気合とともに守島の左手から真っ向に斬り込んだ。

瞬間、守島は体をひねりざま、刀を払って福原の斬撃をはじいた。咄嗟に、体が反応したらしい。

このとき、守島に隙ができた。

馬場はこの隙をとらえ、

イヤアッ！

裂帛の気合とともに、袈裟に斬り込んだ。

一瞬、守島の左肩が下がったように見えた瞬間、着物が肩から胸にかけて深く裂けて血が迸《ほとばし》り出た。

ひらいた守島の傷口から、截断された鎖骨《さこつ》が白く覗いている。馬場の剛剣が、鎖骨を断ち切り、胸に深く斬り込んだのだ。

守島は血を流しながらよろめいた。目尻がつり上がり、般若《はんにゃ》のような顔付きになっている。

守島は低い呻き声を上げながらよろよろと歩き、座敷の隅の柱をつかんで足をとめた。激しい出血のため、肩から胸にかけて真っ赤に染まっている。

守島は身を顫わせてつっ立っていたが、いっときすると腰からくずれるように倒れた。傷口から流れ出た血が、俯せに倒れた守島のまわりにひろがっていく。

馬場は血刀を引っ提げたまま目を剝き、荒い息を吐きながらつっ立っていたが、その場に雲十郎や鬼猿の姿がないのに気付き、

「鬼塚はどうした！」

と声を上げ、土間の方へ小走りにむかった。

5

雲十郎は、戸口の前の路地で鬼猿と対峙していた。

ふたりの間合は、四間半ほどだった。まだ、一足一刀の斬撃の間境の外である。

雲十郎は右手で刀の柄を握り、居合腰に沈めていた。居合の抜刀体勢をとったまま鬼猿と向き合っていたのだ。

対する鬼猿は、右手に二尺ほどの大刀、左手に一尺五、六寸の小刀を握り、両刀の切っ先を雲十郎の喉元にむけていた。両刀の剣尖の間が一寸ほどあき、その先に鬼猿の顔が見えている。

ふたりは全身に気勢をみなぎらせ、斬撃の気配を見せていた。ふたりは、動かなかった。居合と二刀の気攻めがつづいている。

辺りは、淡い夕闇につつまれていた。鬼猿の手にした二刀が、夕闇のなかに銀色《しろがねいろ》ににぶくひかっている。

雲十郎は、己の喉元にむけられた二刀の剣尖の隙間に垂れ下がる蜘蛛の糸を脳裏に描いていた。その一寸の隙間が鬼猿の構えの隙であり、垂れ下がる蜘蛛の糸が、居合で斬り込む太刀筋である。

ふたりは、塑像《そぞう》のように動かない。両者から痺れるような剣気がはなたれ、斬撃の気配が高まってくる。

……一太刀で決まる！

と、雲十郎はみていた。

二刀の剣尖の一寸の間隙《かんげき》に、居合の初太刀を斬り込めるかどうか——。それで、勝負は決まる。縦に、稲妻のごとく鋭く迅く斬り込まねばならない。

鬼猿が対峙したまま仕掛けられないのは、雲十郎の身構えに居合の抜きつけの一刀に勝負を決しようとする気魄を感じとっているからであろう。

そのとき、家の戸口から馬場が飛び出してきた。その荒々しい足音で、雲十郎と鬼猿をつつんでいた剣の磁場が裂けた。

鬼猿が先に動いた。

つつッ、と鬼猿が足裏を摺るようにして間合をせばめてきた。

鬼猿が手にした両刀の切っ先が、雲十郎に迫ってくる。

雲十郎は、剣尖の隙間の先の鬼猿の顔は見なかった。目にしているのは、隙間に下がっていく蜘蛛の糸である。

鬼猿が居合の抜きつけの一刀をはなつ間合に近付いてきた。

と、鬼猿の寄り身がとまった。

タアリャッ！

突如、鬼猿が裂帛の気合を発した。気合で、雲十郎の気を乱そうとしたのである。

そのとき、鬼猿の両刀の剣尖が揺れた。気合を発したために、腕に力が入り、刀身が揺れたのだ。

この一瞬の隙をついて、雲十郎はスッと半歩、身を寄せた。居合の抜きつけの間合に入ったのである。

鬼猿が気を静めて、両刀を構えなおした。剣尖の動きがとまり、ふたたび一寸ほどの隙間ができた。瞬間、雲十郎はその隙間に、蜘蛛の糸を垂らした。

イヤアッ！

裂帛の気合を発し、雲十郎が抜きつけた。

迅い！

一瞬、稲妻のような閃光が、二刀の剣尖の隙間にはしった。まさに、神速の居合の抜きつけである。

鬼猿は反応する間がなかった。おそらく、鋭い閃光が眼前を縦にはしったのを目にしたただけだろう。

雲十郎の切っ先が、鬼猿の真っ向をとらえた。にぶい骨音がし、鬼猿の額から鼻筋にかけて血の線がはしった。鬼猿は、二刀を構えたまま棒立ちになっていた。

鬼猿の顔にはしった血の線が、太くなったように見えた次の瞬間、血が迸り出た。見る間に、鬼猿の顔が真っ赤に染まった。血塗れになった顔から、ふたつの眼が白く浮き上がったように見えた。まさに、鬼のような顔である。

鬼猿は二刀を手にしたままよろめいたが、足がとまると、二刀を落とし、腰からくずれるように転倒した。

伏臥《ふくが》した鬼猿は手足を痙攣させていたが、呻き声も喘鳴《ぜんめい》も聞こえなかった。絶命したようである。

一瞬一合の勝負だった。雲十郎は、鬼猿の構えた二刀の剣尖の隙間から、鬼猿の頭を斬り割ったのである。

……この太刀、縦稲妻と名付けよう。

雲十郎は胸の内でつぶやいた。

雲十郎は横たわった鬼猿の脇に立ち、ひとつ大きく息を吐いた。しだいに、心ノ臓の高鳴りが収まり、体中で滾《たぎ》っていた血が静まってきた。

雲十郎の紅潮した顔が、いつもの白皙《はくせき》にもどっていく。

そこへ、馬場と浅野が駆け寄ってきた。

「鬼塚、みごとだ！」

馬場が横たわっている鬼猿に目をやって言った。驚嘆の色がある。

「何とか、斃すことができた……」

そう言って、雲十郎は手にしていた刀に血振《ちぶ》り（刀身を振って血を切る）をくれると、ゆっくりと納刀した。

「守島はどうした」

雲十郎が訊いた。守島も遣い手だったので、気になっていたのだ。

「馬場が、討ち取ったよ」

浅野がそう言った後、

「谷山は逃げた。安井が、濡れ縁から外に飛び出した谷山を追っている」

と言い置き、すぐに空き地にむかった。

見ると、戸口に残っていた西川の姿もなかった。空き地にむかったにちがいない。

「おれたちも、行ってみよう」

雲十郎と馬場も、家の脇の空き地にむかった。

空き地は、夕闇につつまれていた。空き地の隅に群生している笹が、風でかすかに揺れている。

「いないぞ」

馬場が声を大きくして言った。

空き地に、西川と安井の姿はなかった。

「見ろ、あそこに西川たちがいる」

雲十郎は、笹藪の脇に人影があるのを目にした。西川と安井らしい。

ふたりは空き地の雑草を掻き分けながら、雲十郎たちのいる方へもどってきた。

「どうした」

すぐに、浅野が訊いた。

「に、逃げられました」

西川が無念そうな顔をして言った。

西川と安井によると、濡れ縁から飛び出してきた谷山を目にして、後を追ったという。

谷山は空き地の雑草のなかを疾走し、笹藪を掻き分けて逃げた。西川たちは懸命に追いかけたが、笹藪を抜けたところで谷山の姿を見失ったという。

「付近を探したのですが、谷山は見当たりませんでした」

西川が肩を落として言った。

「谷山は、逃がさん」

雲十郎が、通りの先に目をやって言った。

「梟組の者が、谷山の跡を尾けているはずだ」

ゆいと百蔵の名は口にしなかったが、梟組の者がひそかに動いていることは、雲十郎から浅野たちに話してあった。

谷山が逃げたであろう通りは、淡い夜陰につつまれていた。人影もなくひっそりと静まっている。

6

百蔵が、谷山の跡を尾けていた。

いっとき前、百蔵とゆいは空き地のそばの路地沿いの樹陰に身を隠し、鬼猿たちの隠れ家に目をやっていた。

そのとき、百蔵たちは濡れ縁から飛び出してきた谷山の姿を目にした。谷山は空き地を走り、笹藪を掻き分けて逃げた。

つづいて、西川と安井が空き地に踏み込み、谷山の後を追い始めた。

……谷山に、逃げられそうだ。

とみた百蔵は、ゆいに、

「谷山の跡を尾ける」

と言い置き、すぐに樹陰から通りに出た。

一方、ゆいはそのまま樹陰に残った。隠れ家の戸口の前の通りで、雲十郎と鬼猿が対峙しているところだった。

ゆいは雲十郎の闘いの様子を見て、石礫を打って助太刀しようと思っていたのだ。

百蔵の前を行く谷山は、大川端沿いの通りを南にむかって歩いていた。百蔵は通り沿いの店の軒下や樹陰などをたどりながら、谷山の跡を尾けていく。

谷山は背後が気になるのか、ときおり振り返って見たが、百蔵には気が付かないようだった。もっとも、谷山が百蔵の姿を目にしたとしても、尾行しているとは思わなかっただろう。百蔵が、漁師のような格好をしていたからである。

谷山は舩松町《ふなまつ》、十軒町《じつけん》と歩いた。通りの左手には、江戸湊の海原が夜陰のなかに黒々とひろがり、月光を映じた無数の波頭が青白い筋となって、幾重《いくえ》にもつづいていた。

辺りに人影はなく、通り沿いの家々は夜の帳《とばり》につつまれていた。洩れてくる灯もなく、ひっそりと寝静まっている。

汀に寄せる波音と遠い潮騒の音が、絶え間なく聞こえていた。

さらに、谷山は歩き、明石町《あかし》を経て南飯田町《みなみいいだ》に入った。南飯田町を三町ほど歩いたとき、谷山は酒屋の脇を右手にまがった。店先に酒林《さかばやし》が下がっていたので、それと知れたのである。そこに、路地があるらしい。

一町ほど行くと、路地沿いに借家らしい家が三軒つづいていた。谷山は三軒の手前の家の前に立った。

戸口からかすかに灯が洩れている。だれか、家にいるらしい。

谷山は表戸をたたき、いっとき戸口に立っていた。家の住人と何か言葉をかわしたらしく、戸口の灯に浮かび上がった谷山の口が動いているように見えた。すると、引き戸があき、谷山は家に入っていった。

百蔵は足音を忍ばせて、家に近付いた。戸口に身を寄せたが、かすかに障子をあけるような音がしただけで、何も聞こえなかった。

百蔵は、家の脇の戸袋の陰に身を寄せた。そこなら、家のなかの話し声や物音が聞こえるとみたのである。

床を踏むような音と話し声が聞こえた。ただ、何を話しているのかは、分からなかった。ぼそぼそとくぐもった声が聞こえ、男の声であることが知れただけである。

……出直すか。

百蔵は明日出直し、近所で聞き込んでみようと思った。


翌朝、百蔵はふたたび南飯田町に来て、谷山の入った家の近くまで来た。念のために、家の戸口に身を寄せて歩きながら耳を立てると、かすかに障子をあけるような音が聞こえた。住人はいるようだ。

百蔵が路地をしばらく歩くと、小体な八百屋があった。店先の台に、大根、葱《ねぎ》、青菜などが並んでいた。

百蔵は店先にいた初老の親爺に、

「この先に借家らしい家が三棟あるが、お侍が住んでるのかい」

と、借家の方を指差して訊いてみた。

「おめえさんは」

親爺が、怪訝な顔をして訊いた。見ず知らずの男が、侍のことなど訊いたからであろう。

「おれは、本湊町に住む者《もん》だがな、借家ふうの家に、お侍が入《へえ》っていくのを見たのよ。お侍が住むにしちゃァ、むさ苦しい家じゃァねえか」

百蔵がもっともらしく言った。

「くわしいことは知らねえ。……お侍が住むようになって、間がねえんだ。おれも、五、六日前に、お侍が家から出ていくのを見ただけだからな」

親爺は首をひねった。

「牢人じゃァあるめえ」

「お大名のご家来と聞いたぜ」

「お大名のな」

とすると、谷山のことではない。昨日、家にいた住人が大名の家臣ということになりそうだ。百蔵は、それとなく住人の名を訊いたが、親爺は知らなかった。

八百屋の店先を離れた百蔵は、さらに路地沿いの店に立ち寄って、借家に住む住人のことを訊いた。

四軒目に入った一膳めし屋の小女が、借家の住人の名を知っていた。

「あたしが、お酒を運んだとき、いっしょに飲んでいたご牢人ふうの男《ひと》が、榊原さまと呼んでましたよ」

小女は、そう口にしたのだ。

……榊原秋之助だ！

百蔵は、胸の内で声を上げた。藩邸から逃走した榊原が、借家に身を隠していたのである。おそらく、本湊町に住んでいた鬼猿たちと接触していたにちがいない。それで、本湊町の隠れ家から逃走した谷山は、ひとまず榊原の許に身を隠したのだ。

その日、暗くなると、百蔵は山元町の雲十郎の許にむかった。日を置くと、榊原と谷山は、南飯田町の隠れ家を出る恐れがあった。それで、一刻も早く、雲十郎に知らせておきたかったのである。

山元町の借家には、雲十郎と馬場がいた。

雲十郎は百蔵から一通り話を聞くと、

「榊原の居所まで、分かったのか！」

と、思わず声を上げた。

「すぐに、手を打った方がいいでしょうな。……榊原は、本湊町の鬼猿たちの隠れ家がつきとめられ、鬼猿や守島が討たれたことを谷山から聞いているとみていい。南飯田町は、本湊町の近くだし、榊原は自分の隠れ家もちかいうちに知れるとみているはずですよ」

百蔵が言い添えた。

「すぐに、手を打とう」

雲十郎は浅野と大杉に話し、明日にも南飯田町に出向いて榊原を取り押さえようと思った。

第六章　斬　首

1

「すぐに、榊原を押さえよう」

浅野が勢い込んで言った。

雲十郎と馬場は畠沢藩の上屋敷に出向くと、すぐに浅野と会って、榊原の隠れ家が知れたことを話したのである。

「お頭にも、話しておきたいな」

馬場が言うと、雲十郎と浅野も承知し、三人で大杉の小屋を訪ねた。

大杉は雲十郎たちから話を聞くと、「おれも行く」と、言い出したが、

「相手は榊原と谷山だけですので、大杉さまのお手をわずらわすことはありません」

と浅野が言って、大杉を引き止めた。

浅野や雲十郎の胸の内には、大杉まで乗り出すと家中に知れると思ったのである。事前に留守居役の内藤の耳に入れれば、どんな手を打ってくるか分からない。

雲十郎たちはこれまでより討っ手をすくなくし、五人だけで行くことにした。雲十郎、馬場、浅野、それに西川と安井である。西川と安井を同行することにしたのは、

ふたりが谷山に逃げられたことを悔やんでいるようなので、浅野のはからいもあって、ここで一役買ってもらうことにしたのである。

雲十郎たち五人は、その日のうちに藩邸を出て南飯田町にむかった。雲十郎が先にたった。榊原の隠れ家までの道筋は、雲十郎が百蔵から聞いて知っていたのだ。

愛宕下から東海道に出て、芝口橋《しばぐち》（新橋）を渡り、三十間堀沿いの道を経て東にむかえば、西本願寺の門前に出られる。さらに東にむかい、江戸湊沿いの通りに出たところで、北に道をとれば南飯田町はすぐである。

南飯田町に入ってしばらく歩いたところで、雲十郎は足をとめた。通り沿いにある酒屋を目にしたのだ。店屋の軒下に酒林が下がっている。

「あの酒屋の路地を入った先だ」

雲十郎が、浅野たちに言った。

路地に入って、いっとき歩くと、路地沿いに借家らしい建物が三棟並んでいるのが見えた。手前の一棟が、榊原と谷山が身をひそめている隠れ家である。

雲十郎は路地の端に足をとめて、周囲に目をやった。百蔵とゆいがどこかに身を隠して隠れ家を見張っているはずだが、その姿は見当たらなかった。

……何かあれば、姿を見せるだろう。

と雲十郎は思い、浅野たちと仕舞屋に近付いた。

雲十郎たちは家の脇の戸袋の近くに身を寄せて、家のなかの様子をうかがった。

「いるようだな」

雲十郎が声を殺して言った。

話し声は聞こえなかったが、廊下を歩くような足音がしたのである。

「おれが、裏手にまわってみる」

馬場がそう言って、足音を忍ばせて裏手にまわった。

いっときすると、馬場がもどってきて、裏手に背戸があることを話し、

「また、おれと西川とで、裏から踏み込む」

と言って、西川を連れて裏手にまわった。

これまでとちがって、鬼猿や守島のような遣い手はいないので、馬場たちの役割は、榊原たちの裏手からの逃走を防ぐことである。

雲十郎、浅野、安井の三人は、表の戸口に足をむけた。

表戸はしまっていたが、脇が一寸ほどあいていた。戸締まりはしてないようだ。

「あけるぞ」

雲十郎が小声で言って、引き戸に手をかけた。

そろそろと音のしないように、引き戸をあけた。なかは薄暗かった。土間の先に障子がたててあった。すぐに、座敷になっているらしい。障子の向こうにひとのいる気配はなかった。

だが、奥で物音がした。瀬戸物の触れ合うような音につづいて、「うまい酒だな」という濁声がした。榊原たちが酒を飲んでいるらしい。障子がたててある座敷の次の部屋にいるようだ。

雲十郎が音をたてないように障子をあけ、座敷に踏み込んだ。浅野と安井がつづいた。六畳の座敷の先に、さらに障子がたててあった。

雲十郎たちは足音を忍ばせて歩いたが、ギシッ、ギシッ、と根太《ねだ》の軋《きし》む音がした。古い家で、根太がゆるんでいるらしい。

「だれかいるのか！」

ふいに、障子のむこうで声がした。

雲十郎がかまわず障子に近付くと、奥の座敷でひとの立ち上がる気配がし、障子があいた。

榊原が立っていた。障子の間から、谷山の姿が見えた。谷山は座敷のなかほどに胡座《あぐら》をかき、膝先に貧乏徳利を置いて酒を飲んでいた。榊原は、いきなり座敷に入ってきた雲十郎たちを見て、一瞬凍《こお》りついたように身を硬くした。目を剝き、息を呑んでいる。


「榊原！　もう逃げられんぞ。神妙にしろ」

言いざま、浅野が座敷に踏み込もうとしたときだった。

ワアッ！　と、谷山が悲鳴のような声を上げ、四つん這いになって左手に逃げた。

廊下がある。谷山は、廊下から裏手へ逃げようとしたようだ。

「待て！」

安井が、谷山の後を追って廊下に飛び出した。

雲十郎と浅野は谷山にはかまわず、座敷のなかほどに後じさった榊原に近付いた。

榊原は脇に置いてある刀をつかんだが、腰を上げようとしなかった。ひき攣ったような顔をして、雲十郎と浅野を見上げている。

浅野が榊原の前に立ち、

「榊原、おぬしに訊きたいことがある。藩邸まで、おれたちといっしょに来てもらおうか」

と、榊原を見すえて言った。

「う、うぬらと、行くつもりはない」

榊原が声を震わせて言った。

浅黒い顔に、髭が黒く口のまわりをおおっていた。月代《さかやき》も伸びている。藩邸を出てから、剃《そ》らなかったようだ。

榊原は目をつり上げて、浅野を見上げていた。憎悪《ぞうお》と恐怖の入り交じったような顔である。

「縄をかけてでも、連れていく」

浅野がそう言ったとき、裏手で荒々しく床板を踏む音がし、「谷山を押さえろ！」という馬場の叫び声がひびいた。

背戸から入った馬場たちが、裏手へ逃げてきた谷山を取り押さえたらしい。

榊原は馬場の叫びを聞くと、ふいに片膝を立て、傍《かたわ》らにあった刀をつかんだ。

……斬り込んでくる！

とみた雲十郎は、すばやい動きで左手で鯉口を切り、右手を柄に添えた。咄嗟に、居合の抜刀体勢をとったのである。

浅野も、身を引きながら刀の柄を握った。榊原に飛び付いて、刀を奪う間がなかったのである。

2

「藩邸には行かぬ！」

叫びざま、榊原は抜刀した。

だが、榊原は雲十郎たちに手向かう気はなかったようだ。いきなり、刀身を己の首筋に当てて、引き斬ろうとした。

刹那、刀身の鞘走る音とともに雲十郎の腰元から閃光がはしった。次の瞬間、刀を手にした榊原の右の前腕が垂れ下がり、刀が畳に落ちた。

一瞬の反応である。雲十郎が居合の抜きつけの一刀で、榊原の刀を持った右の前腕を截断したのだ。

グワッ！

榊原は獣の咆哮のような叫び声を上げ、浮かせた腰を後ろに落として尻餅をついた。

截断された右腕から血が筧の水のように流れ出、赤い花弁を散らすように畳を染めていく。

すぐに、雲十郎は刀を畳に置いて懐から手ぬぐいを取り出し、

「ここで、死なすわけにはいかぬ」

と言って、榊原の右の二の腕に手ぬぐいをまわして強く縛った。出血をとめたのである。血さえとまれば、命にかかわるようなことはない。

榊原は紙のように蒼ざめた顔で、雲十郎に目をむけていた。その目がつり上がり、体が激しく顫えている。

「これで、死ぬようなことはない」

雲十郎が、榊原に言った。

「……」

榊原は何か言いかけたが口にせず、戸惑うような顔をして雲十郎に目をむけている。

そのとき、廊下を歩く数人の足音がし、呻き声と体を引き摺るような音がした。馬場たちが、谷山を連れて戸口にむかうらしい。

廊下から馬場が、雲十郎たちのいる座敷を覗き、

「谷山は、表に連れていくぞ」

と、声をかけた。座敷は狭く、何人もで谷山を連れ込むことはできないとみたらし

い。

「そうしてくれ」

雲十郎が言った。

浅野は、馬場たちの足音から戸口に出たことを知ると、

「榊原、大松屋から借りてまでして出府した関山たち三人に金を渡していたのは、どういうわけだ」

と、声をあらためて訊いた。藩邸に連れていって、榊原を訊問するのはむずかしいと思ったようだ。

「……………」

榊原は、浅野に視線をむけたが何も言わなかった。

「おぬしの一存ではあるまい」

さらに、浅野が訊いたが、榊原は口をとじたままである。

「榊原、三人の目付を殺し、さらに先島さまの命を狙って襲撃した罪までひとりで背負って、死んでいくつもりか」

浅野の脇にいた雲十郎が訊いた。

雲十郎の顔が、赭黒く染まっていた。手ぬぐいで榊原の右腕を縛るとき、血を浴び

たのである。

「そ、そんなつもりはない」

榊原が、声をつまらせて言った。

「おぬしに、そのつもりはなくても、そういうことになる。いまのところ、大松屋から金を借り、関山たちに金を渡したのはおぬし、大松屋に出向いた宇津どのと江島どのの殺しを指示したのもおぬし……。さらに、書役の紺野と柳村も、おぬしの指図で動いていたことになっている。その上、おぬしは罪の発覚を恐れて、藩邸から逃亡している。これだけそろえば、此度の件の罪は、すべておぬしが背負うことになるだろうな」

「……！」

榊原の顔がゆがんだ。

「これほどの大罪を犯せば、切腹も許されず、斬首ということになろうな」

雲十郎が、断定するようにはっきりと言った。

「お、おれは、指示されて、やっただけだ。藩邸を出て身を隠したのも、そうしろと言われたからだ」

榊原が声を震わせて言った。

「だれに言われた」

浅野が鋭い声で訊いた。

「そ、それは…」

榊原は口をつぐんだ。

「おれたちは、だれか知っている」

雲十郎が言った。

「留守居役の内藤伝兵衛だな」

榊原の目が逡巡《しゅんじゅん》するように揺れたが、がっくりと肩が落ちると、

「そうだ…」

と、小声で言った。

つづいて口をひらく者がなく、座敷は静寂につつまれていたが、

「榊原、おぬし、なぜ内藤の言いなりに動いた」

と、雲十郎がおだやかな声で訊いた。

「ちかいうちに、内藤さまが側役《そばやく》に推挙《すいきょ》してくれるとのことだった」

榊原が肩を落としたまま小声で言った。内藤の名を口にして、隠す気はなくなったようである。

側役は藩主に近侍《きんじ》して諸用をつとめる役柄だが、側用人への栄進も望める。祐筆にとっては、大変な出世である。

どうやら、内藤は栄進を餌《えさ》にして榊原を使っていたらしい。書役の紺野や柳村にも同じような話があったのかもしれない。

「内藤だが、なぜ、先島さまやご家老のお命を狙ったのだ」

浅野が声をあらためて訊いた。

「ご家老や先島さまは、国許の御城代の粟島さまに味方されていると聞いている。このままでは、広瀬さまや内藤さまが藩の政《まつりごと》の舵《かじ》を握ることはできないとみて、関山たちに暗殺を指示されたらしい」

榊原の声には、他人事を話しているようなひびきがあった。観念したからであろう。

「やはり、内藤は国許の広瀬とつながっていたのか」

浅野が得心したように言った。

それから、浅野は、大松屋が出したのは六百両だけなのか訊いた。

「はっきりしたことは分からないが、大松屋は他にも金を出しているようだ」

榊原が答えた。

「その金は、だれに渡されたのだ」

「内藤さまらしい。内藤さまから国許の広瀬さまにも渡っているらしいが、どれほどの金なのか、おれには分からん」

「なにゆえ、内藤は広瀬にまで金を渡しているのだ」

浅野が訊いた。

「広瀬さまが執政《しっせい》の座に復帰されれば、内藤さまは江戸家老か年寄に栄進できるとみているようだ」

「そんなことだろうな」

浅野が渋い顔をした。

雲十郎にも驚きの色はなかった。これまでも、広瀬と江戸の重臣が手を組んで、反広瀬派の江戸家老や大目付などの命を狙って、刺客を江戸に送り込んできたことがあったからである。

3

「榊原、藩邸まで行ってもらおうか」

浅野が榊原を見つめて言った。ここに榊原を残していくことはできないし、浅野としては榊原の口上書も欲しかったのだ。

「藩邸には行かぬ」

榊原が言った。静かな声だが、強い意志を感じさせるひびきがあった。

「ここに、残しておくことはできぬ。……それに、おぬしの口上書が必要だからな」

「頼みがある」

榊原が言った。

「なんだ」

「おれは、祐筆だ。口上書は、おれの手で書く」

「しかし、その手では――」

榊原は右腕を失っていた。

「左手でも、何とか書ける。それに、右手を負傷したため、左手で書いたことも最後に記せば、疑念を抱かれることはないはずだ」

榊原は淡々と話したが、強い決意を感じさせるものがあった。

「筆は？」

浅野が訊いた。

「筆も硯《すずり》も、ここに置いてある。おれの仕事道具だからな」

そう言うと、榊原は立ち上がった。

雲十郎と浅野は、榊原について隣の座敷に行った。文机の上に、筆や硯が置いてあった。隠れ家でも、祐筆としての仕事をする気があったのであろう。

榊原は奉書紙を取り出し、文机の前に膝を折ると、左手で筆を持ち、浅野の訊問のおりに口にした事件にかかわる経緯や留守居役とのかかわりなどを認《したた》めた。文字は乱れたが、読みとることはできる。

榊原は口上書を認め終わると、座敷のなかほどに端座《たんざ》し、

「鬼塚どのに頼みがある」

と、雲十郎を見上げて言った。

「なんだ」

「介錯をしてもらいたい」

「介錯だと」

思わず、雲十郎が聞き返した。

「そうだ」

「腹を切るつもりか」

「それしか、おれには残されていない。……右腕を斬られたとき、おれは祐筆としての仕事はできなくなった。いや、こうなれば仕事も何もない。おれのしたことは、よくて切腹だろう。藩邸にもどっても、生恥《いきはじ》を晒《さら》すだけだ」

榊原の口調には、覚悟を決めた者の潔《いさぎよ》さがあった。榊原が、この場で口上書を書くと決めたとき、ここで腹を切る覚悟もかためたのであろう。

「うむ……」

雲十郎も、榊原の言うとおりだと思った。藩邸にもどれば、榊原は藩士たちに侮蔑《ぶべつ》の目をむけられ、罵声《ばせい》をあびせられるだけだろう。

「浅野どのにも頼みがある」

榊原は浅野に目をむけた。

「榊原は、武士らしく見事に腹を切った、と国許の家族に伝えてもらいたい」

そう言ったとき、榊原の顔に悲痛の色が浮いた。国許に残してきた家族のことが胸をよぎったのかもしれない。

「承知した」

すぐに、浅野が言った。

雲十郎は戸口にいた馬場を呼び、ふたりで土間を入ってすぐの座敷に切腹の仕度をした。外は暗かったし、切腹をするような場所もなかったので、座敷ですることにしたのである。

切腹の仕度といっても簡単だった。座敷にあった火鉢や衣桁《いこう》にかけてあった着物などを片付け、なかほどに布団を敷いただけである。

布団は血が畳に飛び散らぬように敷いたのだが、死体を片付けるおりにも使えるだろう。

白鞘で九寸五分の切腹用の短刀はなかったので、雲十郎が差していた脇差を遣うことにした。もっとも、榊原は右手を失っているので、左手で切っ先を腹に突き立てるだけになるだろう。

座敷の隅に、ふたつの行灯が置かれた。ひとつは、奥の座敷から運んだものである。行灯の明かりが、その場に集まった男たちの姿を浮かび上がらせている。

「榊原どの、仕度ができた」

雲十郎が声をかけた。

榊原は無言のままうなずくと、畳のなかほどに座した。さすがに、顔は蒼ざめ、体はかすかに顫えていた。ただ、双眸には強いひかりがあり、恐怖や怯えの色はなかった。

「ご遺言はあろうか」

雲十郎は敬意をこめて訊いた。

榊原は自ら切腹を望み、恐れる様子も見せずこの場に臨んだのだ。それだけでも、武士らしい勇者である。

「家族に、武士らしい最期《さいご》だったと伝えていただきたい」

榊原があらためて言った。

「かならず、お伝えいたす」

そう応えたのは、浅野だった。浅野も、榊原をひとりの武士とみて、敬意を払っているようである。

雲十郎が榊原の脇に立つと、馬場が奉書紙につつんだ脇差を榊原の膝先に置いた。

「では——」

榊原は左手で着物の両襟をひらいて腹を出そうとした。

左手だけでは、うまくひらけない。すかさず、馬場が榊原のそばに行き、腹を出すのを手伝ってやった。

馬場が身を引くと、雲十郎は抜刀し、ゆっくりとした動きで八相に構えた。

切腹の介錯には、首を斬り落とすいくつかの瞬間がある。切腹者が短刀を手にしたとき、左腹に目をやったとき、切っ先を腹に突き立てるとき、左腹から右腹まで切ったとき……等々である。

雲十郎は、榊原が切っ先を左腹にあてたときに首を落とそうと思っていた。左手だけで腹を横に切り裂くのは、よほどの剛の者でも至難である。

雲十郎は八相に構えたまま気を静め、斬首の機をうかがっている。

榊原が、左手を伸ばして奉書紙につつんである脇差を手にした。そして、切っ先を左の脇腹にむけた。

そのとき、雲十郎は脳裏に軒先から下がっていく蜘蛛を思い浮かべた。スー、と蜘蛛は糸を引いて、榊原の首筋に下がっていく。

榊原が脇差の切っ先を脇腹に当てた。

刹那、雲十郎の刀が一閃した。

かすかな骨音がし、榊原の頭が前に落ちた。次の瞬間、榊原の首根から血が赤い帯のようにはしった。

首の血管から勢いよく噴出した血が、見る者の目に赤い帯のように映るのだ。

血は心ノ臓に合わせて噴出し、バラバラと布団の上に散り、赤い花叢《はなむら》のように染めていく。

出血はしだいに勢いを失い、首根から流れ落ちるだけになった。

榊原は、布団に座したまま己の首を抱くような格好で果てていた。雲十郎は首が布団に落ちないように喉皮を残して首を斬ったのである。

座敷のなかは静かだった。座敷の隅に置かれた行灯の灯が、雲十郎たちと首のない榊原の姿を照らしている。

4

「浅野どの、飲んでくれ」

馬場が貧乏徳利を差し出して言った。

「おお、すまんな」

浅野は湯飲みを手にして、酒をついでもらった。

山元町にある雲十郎と馬場の住む借家だった。陽が西の空にかたむくころ、浅野が姿を見せたのだ。

雲十郎が、南飯田町の借家で榊原の切腹の介錯をしてから一月の余が過ぎていた。

浅野はその後の経緯を話しに来たのだ。

馬場は浅野の顔を見ると、

「どうだ、三人で一杯やらんか」

と言い出し、三人で貧乏徳利をかこんで酒を飲み始めたのである。

浅野は湯飲みの酒をかたむけた後、

「留守居役の内藤だがな、腹を切ったそうだぞ」

と、顔をひきしめて話しだした。

「腹を切ったか！」

馬場が驚いたような顔をした。

雲十郎は驚かなかった。前から、内藤は腹を切るしか道はないだろうとみていたのである。

雲十郎は、こまかい経緯は知らなかったが、榊原が切腹した後、浅野と大目付の先島が江戸家老の小松の許しを得て、留守居役の内藤を訊問したと聞いていた。

ところが、内藤は何を訊いても、そのようなことは知らぬ、と答えるばかりで、事件に対する己のかかわりは一切否定したらしい。

やむなく、先島や小松は、内藤の口上書はつけず、此度の件にかかわった者たちの口上書と口書、事件の経緯を記した上申書、さらに大松屋に残っていた借金の証文の写しなどを国許にいる城代家老の粟島にとどけた。

これを知った内藤は、突如、藩邸から姿を消して国許にむかった。配下の御使番や書役の者などには、「殿に直接お会いし、潔白であることをお話しする」と言い残して藩邸を出たという。

そして、国許に入った内藤は、ただちに藩主の忠盛に拝謁《はいえつ》し、此度の件はすべて自分を陥《おとしい》れるために江戸家老や大目付が捏造《ねつぞう》したことであり、書類もそれらしく偽造した物だと訴えたという。

雲十郎は、そうした噂を馬場を通して耳にしていたのだ。

「殿から、切腹の沙汰《さた》があったのか」

雲十郎は、沙汰が下されるにはすこし早いような気がした。

「いや、殿の沙汰はまだのようだが、国許の粟島さまからご家老にとどいた書状には、謹慎を命じられていたそうだ。……それに、国許の重臣の間では、いずれ切腹の沙汰が下されるのはまちがいないとの噂がたっていたらしい」

浅野によると、粟島から忠盛に口上書、上申書、証文などが示され、事件にかかわる話があったという。

「そのとき、殿は榊原が記した口上書をひと目ご覧になり、筆跡がひどく乱れていることに不審を抱かれ、粟島さまに、筆跡の乱れているわけをお聞きになったそうだよ」

粟島は、榊原が右手を失い、左手で書いた物であることと、切腹の直前に真実を伝えるために遺書のつもりで書いたこと、その旨が最後に自らの手で記されていることを話したという。

「このことに、いたく心を動かされた殿は、それほどまでして書いた物なら、嘘偽《いつわ》りはないはずだとおおせられ、内藤の言い分を退《しりぞ》け、即座に内藤に謹慎を命じ、後日、あらためて沙汰を下すと言い添えられたらしい」

浅野が、しんみりした口調で言った。

「その沙汰がないうちに、内藤は腹を切ったのか」

馬場が訊いた。

「謹慎していた内藤は、切腹だけでは済まず家族や親戚筋にも累が及ぶかもしれないとみて、殿の沙汰が下される前に腹を切ったらしい」

浅野が言った。

「口上書を認めた榊原の思いが、殿に通じたのだな」

榊原は身をもって祐筆としての仕事を果たしたのだ、と雲十郎は思った。

次に口をひらく者がなく、座敷は沈黙につつまれていたが、

「それで、広瀬はどうなったのだ。……隠居の身とはいえ、このままということはあるまいな」

と、馬場が声を大きくして訊いた。

「それが、広瀬は出家するらしいのだ」

浅野が、雲十郎と馬場に目をやりながら言った。

「出家だと！」

馬場が驚いたように目を剝いた。

雲十郎も驚いた。広瀬が出家するとは、思ってもみなかったのだ。

「すでに、広瀬は頭を丸めたそうだよ」

浅野によると、広瀬は、此度の騒動に何のかかわりもないが、己の借財が思わぬ疑念を生み、家中に多大な迷惑をかけたのは、己の不徳のいたすところ――。向後は仏門に入って仏道修行の日々を過ごしたい、との旨《むね》を認めた書状を粟島にとどけたという。

「うむ……」

広瀬は、また同じ手を使って逃げたか、と雲十郎は思った。

これで二度目である。やはり、国許から送られてきた刺客が、江戸家老の小松や大目付の先島の命を狙ったことがあったが、その事件にかかわったとみられた広瀬は、国許の目付たちの手が及ぶ前に、次席家老の職を辞して隠居してしまったのだ。今度は、仏門に入ることで、目付たちの追及を逃れる腹なのであろう。

雲十郎がそのことを話すと、

「いまのところ、手の打ちようがないのだ。広瀬が、陰で内藤たちを動かしていたことを明らかにするのはむずかしい。はっきりしていることは、広瀬が大松屋から大金を借りたことぐらいなのだ」

浅野が無念そうな顔をして言った。

「したたかな男だ」

広瀬は自分の罪を逃れるために、事件にかかわった証を残さないようにうまく立ちまわっているようだ。

「ただ、これで、広瀬が藩の要職にもどることはできなくなったわけだ。出家した者が、藩の執政の座に就《つ》くことなどありえないからな」

浅野がさばさばした口調で言った。

「そうだな」

雲十郎も、広瀬の藩政への復帰の道はとざされたと思った。

「ところで、捕らえてある柳村はどうなる」

馬場が訊いた。

「書役の職を失い、ちかいうちに、国許に帰されることになったよ」

家禄《かろく》はそのままらしいので、暮らしてはいける、と浅野が言い添えた。

「まァ、そんなところだな」

馬場がうなずいた。

5

馬場が貧乏徳利を手にし、

「さァ、飲め」

と言って、雲十郎と浅野の湯飲みに酒をついだ。

馬場はふたりが湯飲みをかたむけるのを見てから、

「ところで、大松屋だが、なんで内藤や広瀬に味方して金を都合してやっているのだ」

と、訊いた。顔に腑《ふ》に落ちないような表情がある。

「それは、見返りを期待しているからだろうな」

浅野が言った。

「見返りとは?」

「広瀬が藩の実権を握れば、大松屋に多額の利益が上がるように便宜《べんぎ》をはかってやるという口約束でもあるのかもしれん」

「大松屋に儲《もう》けさせてやるということか」

「まァ、そうだ。たとえば、逼迫《ひっぱく》している藩の財政をたてなおすという名目で、大松屋に扱わせている専売品の江戸への廻漕を増やすとか、大松屋に利が上がるよう取り扱いの諸費用を高くすることを認めるとか——。そうすれば、大松屋は莫大《ばくだい》な利益を得ることができるわけだ」

「そのためには、千両の金も惜しくないということか」

「大松屋は、多額の利益を得るために必要な出費とみているのではないかな。これが、商人のやり方なのだろう」

浅野が渋い顔をして言った。

「結局、大松屋はお咎《とが》めなしか」

馬場が悔しそうな顔をした。

「大松屋を咎めるのはむずかしいな。内藤の意向で、金を貸しただけだからな」

浅野が言った。

「そうはいっても、その金が刺客たちに遣われ、そのために宇津たち三人の目付が、命を落としたのだぞ」

雲十郎は、すっきりしなかった。

「これは、先島さまから聞いた話だがな。咎めはないが、何もないということではないらしいぞ」

浅野が声をひそめて言った。

「どういうことだ」

馬場が、身を乗り出すようにして訊いた。

「大松屋は蔵元として、わが藩の専売である米、材木、木炭、漆などを一手に扱っている。いわば、わが藩の財政を握っているといってもいいのだ。それゆえ、多少の不正があっても処罰するのがむずかしい」

「それは分かっている」

馬場が言った。

「此度の件でも、疑念はあっても強引な取り調べはできないのだ。その弱みを、大松屋は見越して、この程度なら藩には手出しができないと読んでいる節がある」

そこまで話して、浅野は一息つき、湯飲みの酒をかたむけた。

「それで」

雲十郎が話の先をうながした。

浅野は湯飲みを手にしたまま話をつづけた。

「御城代の粟島さまの胸の内には、ひそかに大松屋に代わる蔵元を探し、藩の専売品を扱える他の店がみつかった上で、大松屋の不正をあきらかにし、取引きもやめたい腹のようなのだ」

浅野が、声をひそめて言った。粟島と江戸家老の小松の間で、そうしたやり取りがあったのだろう。

「それしか手はないな」

雲十郎も、いますぐに大松屋と手を切ることはできないと分かっていた。ただ、大松屋に代わる大店は簡単に見つからないだろうし、大松屋の不正を明らかにすることもむずかしいだろう。

「とりあえず、これで始末はついたわけだ」

馬場が、さァ、飲もう、と声を上げ、雲十郎と浅野の湯飲みに酒をついだ。

借家の縁先は、夜陰につつまれていた。雲十郎は、ひとり縁先で湯飲みの酒をかたむけていた。障子の奥から、馬場の鼾が聞こえてくる。

浅野が帰った後、馬場は雲十郎とふたりで飲んでいたのだが、いつものように眠くなったと言って寝間に行ったのだ。酒に酔うと馬場は眠くなるらしく、雲十郎を残して寝てしまうことが多かった。

風のない静かな清夜だった。十六夜の月が皓々とかがやき、縁先のわずかばかりの庭を淡い青磁色に染めている。

そのとき、雲十郎は庭先に近付いてくるかすかな足音を聞いた。ふたりだった。雲十郎は、かたわらに置いてあった刀を引き寄せた。足音は常人のものではなかった。忍び足で、しかも庭木の葉叢に触れる音をほとんどたてない。

……ゆいと百蔵どのらしい。

雲十郎は、手にした刀を膝の脇に置きなおした。その足音に、聞き覚えがあったのである。

夜陰のなかに、黒いふたつの人影があらわれた。やはり、ゆいと百蔵である。ふたりは、闇に溶ける装束《しようぞく》に身をつつんでいたが、頭巾で顔を隠していなかった。

ゆいは、雲十郎を見つめて、ちいさく頭を下げた。ふたりは雲十郎の前まで来ると、いつものように身を屈めて地面に片膝を付けようとした。

「そのようなことは、しなくていい。ここに腰を下ろしてくれ」

雲十郎が縁側に手をむけて言った。

「では、遠慮なく」

百蔵が縁先に腰を下ろすと、ゆいも百蔵のそばに膝を折った。

「どうだ、一杯飲むか」

雲十郎が百蔵に訊いた。

「いえ、酒はやめておきましょう。このような装束で飲んでいたら、仲間の者に笑われます」

百蔵が苦笑いを浮かべて言った。

「それでは、勝手にやるぞ」

雲十郎はかたわらの湯飲みを手にした。

「どうぞ、どうぞ」

「ところで、何か用か」

雲十郎が訊いた。何かなければ、百蔵とゆいがそろって顔を見せることなどないはずである。

「それがし、明日にも国許に帰るつもりでおります」

百蔵が、声をあらためて言った。

「残念だが、仕方がないな」

どうやら、百蔵とゆいは別れの挨拶に来たらしい。覚悟はしていた。事件の始末はついたのである。百蔵とゆいが、江戸にとどまる理由はなくなったのだ。

「雲十郎さま……」

ゆいが小声で言った。

「ゆいは、しばらく江戸にとどまることになりました」

「江戸に、とどまると?」

雲十郎はゆいに顔をむけた。

「はい」

ゆいは、雲十郎を見つめたまま微笑んだ。色白の顔が月光を映じて青磁色にかがやき、夜陰のなかに浮き上がったように見えた。

……菩薩《ぼさつ》のようだ。

と、雲十郎は思った。

「御城代さまは、まだ江戸で何か起こるとみておられ、ゆいに江戸に残るよう指示されたのです」

百蔵が言い添えた。

御城代とは、梟組を支配している国許の城代家老の粟島のことである。

「なぜ、百蔵は帰るのだ」

城代家老の粟島が、江戸でまだ何か起きるとみたのなら、百蔵も江戸に残していいはずである。

「それがしは、国許で探索に当たるようにとの御城代さまのお指図《さしず》があったのです」

百蔵によると、粟島の使者として国許から梟組の者が来て、百蔵に粟島の命を伝えたという。

「すると、粟島さまは国許でも何か起こるとみているのだな」

「そのようです」

「うむ……」

国許には、まだ不穏な動きが残っているのだろう。

……どうやら、まだ始末はついていないようだ。

雲十郎は、胸の内でつぶやいた。

それからいっとき、国許のことなどを話してから、

「鬼塚どの、では、これにて」

百蔵が腰を上げると、ゆいもすぐに立ち上がった。

「雲十郎さま、また、近いうちにおめにかかります」

ゆいはそう言い残し、百蔵につづいて縁先から離れた。

ゆいと百蔵の後ろ姿が、夜陰に呑まれるように消えていく。

雲十郎は、手にした湯飲みをゆっくりとかたむけた。頭上の十六夜の月が、雲十郎に何か語りかけるように縁先を覗いている。

一〇〇字書評

殺鬼に候

切・り・取・り・線

購買動機（新聞、雑誌名を記入するか、あるいは○をつけてください）

□（　　　　　　　　　　　　　　）の広告を見て
□（　　　　　　　　　　　　　　）の書評を見て
□ 知人のすすめで　　□ タイトルに惹かれて
□ カバーが良かったから　　□ 内容が面白そうだから
□ 好きな作家だから　　□ 好きな分野の本だから

・最近、最も感銘を受けた作品名をお書き下さい

・あなたのお好きな作家名をお書き下さい

・その他、ご要望がありましたらお書き下さい

住所	〒				
氏名		職業		年齢	
Eメール	※携帯には配信できません		新刊情報等のメール配信を 希望する・しない		

この本の感想を、編集部までお寄せいただけたらありがたく存じます。今後の企画の参考にさせていただきます。Eメールでも結構です。

いただいた「一〇〇字書評」は、新聞・雑誌等に紹介させていただくことがあります。その場合はお礼として特製図書カードを差し上げます。

前ページの原稿用紙に書評をお書きの上、切り取り、左記までお送り下さい。宛先の住所は不要です。

なお、ご記入いただいたお名前、ご住所等は、書評紹介の事前了解、謝礼のお届けのためだけに利用し、そのほかの目的のために利用することはありません。

〒一〇一-八七〇一
祥伝社文庫編集長 坂口芳和
電話 〇三（三二六五）二〇八〇

祥伝社ホームページの「ブックレビュー」からも、書き込めます。
http://www.shodensha.co.jp/bookreview/

祥伝社文庫

殺鬼《さつき》に候《そうろう》 首斬《くびき》り雲十郎《うんじゅうろう》

平成26年3月20日　初版第1刷発行

著　者　鳥羽《とば》 亮《りょう》
発行者　竹内和芳
発行所　祥伝社《しょうでんしゃ》
東京都千代田区神田神保町3-3
〒101-8701
電話　03（3265）2081（販売部）
電話　03（3265）2080（編集部）
電話　03（3265）3622（業務部）
http://www.shodensha.co.jp/
印刷所　萩原印刷
製本所　関川製本
カバーフォーマットデザイン　中原達治

 ISBN978-4-396-34021-6 C0193

祥伝社文庫の好評既刊

鳥羽 亮
冥府に候
首斬り雲十郎

藩の介錯人として「首斬り」浅右衛門に学ぶ鬼塚雲十郎。その居合の剣〝横霞〟が疾る！ 迫力の剣豪小説、開幕。

鳥羽 亮
新装版
鬼哭《きこく》の剣
介錯人《かいしやくにん》・野晒《のざらし》唐十郎①

首筋から噴出する血の音から名付けられた奥義「鬼哭の剣」。それを授かる唐十郎の、血臭漂う剣豪小説の真髄！

鳥羽 亮
新装版
妖《あやか》し陽炎《かげろう》の剣
介錯人・野晒唐十郎②

大塩平八郎の残党を名乗る盗賊団、その陰で連続する辻斬り…小宮山《こみやま》流居合の達人・唐十郎を狙う陽炎の剣。

鳥羽 亮
新装版
妖鬼飛蝶の剣
介錯人・野晒唐十郎③

小宮山流居合の奥義・鬼哭の剣を封じる妖剣〝飛蝶の剣〟現わる！ 野晒唐十郎に秘策はあるのか!?

鳥羽 亮
新装版
双蛇《そうじや》の剣
介錯人・野晒唐十郎④

鞭の如くしなり、蛇の如くからみつく邪剣が、唐十郎に襲いかかる！ 疾走感溢れる、これぞ痛快時代小説。

鳥羽 亮
新装版
雷神の剣
介錯人・野晒唐十郎⑤

かつてこれほどの剛剣があっただろうか？ 剣を断ち折って迫る「雷神の剣」に立ち向かう唐十郎！

祥伝社文庫の好評既刊

鳥羽　亮
新装版
悲恋斬り
介錯人・野晒唐十郎⑥
女の執念、武士の意地……。兄の敵討ちを依頼してきた娘とその敵の因縁とは。武士の悲哀漂う、正統派剣豪小説。

鳥羽　亮
新装版
飛龍の剣
介錯人・野晒唐十郎⑦
道中で襲い来る馬庭念流、甲源一刀流、さらに謎の幻剣「飛龍の剣」が…危うし野晒唐十郎！

鳥羽　亮
新装版
妖剣おぼろ返し
介錯人・野晒唐十郎⑧
唐十郎に立ちはだかる居合術最強の敵。おぼろ返しに唐十郎の鬼哭の剣はどこまで通用するのか!?

鳥羽　亮
新装版
鬼哭《きこく》霞飛燕《かすみひえん》
介錯人・野晒唐十郎⑨
同門で競い合った男が敵として帰ってきた。男の妹と恋仲であった唐十郎の胸中は――。

鳥羽　亮
新装版
怨刀《おんとう》鬼切丸《おにきりまる》
介錯人・野晒唐十郎⑩
唐十郎の叔父が斬殺され、献上刀〝鬼切丸〟が奪われた。叔父の仇討ちに立ちはだかる敵とは！

鳥羽　亮
悲の剣
介錯人・野晒唐十郎⑪
尊王か佐幕か？　揺れる大藩に蠢く謎の刺客「影蝶」。その姿なき敵の罠で唐十郎は絶体絶命の危機に陥る。

祥伝社文庫の好評既刊

鳥羽　亮
地獄の沙汰　闇の用心棒⑧
「地獄屋」の若い衆が斬殺された。元締めは平兵衛、右京、手甲鉤の朴念など全員を緊急招集するが…。

鳥羽　亮
血闘ヶ辻　闇の用心棒⑨
五年前に斬ったはずの男が生きていた!? 決着をつけねばならぬ「殺し人」籠手斬り陣内を前に、老刺客平兵衛が立つ！

鳥羽　亮
酔剣　闇の用心棒⑩
倅を殺され面子を潰された侠客一家が、用心棒・酔いどれ市兵衛を筆頭に「地獄屋」に襲撃をかける！

鳥羽　亮
右京烈剣　闇の用心棒⑪
秘剣〝虎の爪〟は敗れるのか!? 最強の夜盗が跋扈するなか、殺し人にして義理の親子・平兵衛と右京の命運は？

鳥羽　亮
悪鬼襲来　闇の用心棒⑫
非情なる辻斬りの秘剣〝死突き〟。父の仇を討つために決死の少年。安田平兵衛は相撃ち覚悟で敵を迎えた！

鳥羽　亮
風雷　闇の用心棒⑬
風神と雷神を名乗る二人の刺客襲来で、安田平兵衛に最大の危機が!? 殺された仲間の敵を討つため、秘剣が舞う！

祥伝社文庫の好評既刊

鳥羽　亮

殺鬼狩り　闇の用心棒⑭

地獄屋の殺し人たちが何者かに襲われた。江戸の闇の覇権を賭け、人斬り平兵衛の最後の戦いが幕を開ける！

鳥羽　亮

真田幸村の遺言　上　奇謀

〈徳川を盗れ！〉戦国随一の智将が遺した豊臣家起死回生の策とは⁉　豪剣・秘剣・忍術が入り乱れる興奮の時代小説！

鳥羽　亮

真田幸村の遺言　下　覇の刺客

江戸城〈夏の陣〉最後の天下分け目の戦――将軍の座を目前にした吉宗に立ちはだかるは御三家筆頭・尾張！

鳥羽　亮

さむらい　青雲の剣

極貧生活の母子三人、東軍流剣術研《とうぐんりゅうけんじゅつけん》鑽《さん》の日々の秋月信介《あきづきしんすけ》。待っていたのは父を死に追いやった藩の政争の再燃。

鳥羽　亮

死恋《さむらい》の剣

浪人者に絡まれた武家娘を救った一刀流の待田恭四郎。対立する派の娘と知りながら、許されざる恋に……。

鳥羽　亮

必殺剣「二胴《ふたつどう》」

壮絶な太刀筋、必殺剣「二胴」。父を殺され、仲間も次々と屠《ほふ》られる中、小野寺左内はついに怨讐《おんしゅう》の敵と！

祥伝社文庫　今月の新刊

森村誠一
死刑台の舞踏
刑事となった、かつてのいじめ被害者が暴く真相は――。

南　英男
組長殺し　警視庁迷宮捜査班
ヤクザ、高級官僚をものともしない刑事の意地を見よ。

草凪　優
女が嫌いな女が、男は好き
可愛くて、身体の相性は抜群の女に惚れた男の一途とは!?

鳥羽　亮
殺鬼《さっき》に候《そうろう》　首斬り雲十郎
雲十郎の秘剣を破る、刺客現る！三ヵ月連続刊行第二弾。

辻堂　魁
乱雲の城　風の市兵衛
敵は城中にあり！　目付の兄を救うため、市兵衛、奔る。

岡本さとる
手習い師匠　取次屋栄三
これぞ天下一品の両成敗！栄三が教えりゃ子供が笑う。

風野真知雄
喧嘩旗本　勝小吉事件帖　**どうせおいらは座敷牢**
座敷牢から難問珍問を即解決。勝海舟の父・小吉が大活躍。

睦月影郎
蜜双六《みつすごろく》
豪華絢爛な美女、弄《もてあそ》び放題。極上の奉仕を味わい尽くす。